FLORET
READING

# 小花阅读

我们只写有爱的故事

青春阅读　幸得相见

大鱼

有爱的青春陪伴者

林深时见鹿

林深时见鹿

②

晏生——著

贵州出版集团
贵州人民出版社

# ·作者简介·

晏
生

| 小 花 阅 读 签 约 作 者 |

女，天秤座。拖延症患者，但在努力改进中。
喜欢独处，也爱热闹，希望有一天能住进深山老林写故事。

代表作品：《林深时见鹿》《林深时见鹿2》《林深时见鹿3》
《彩虹般的人》《悄悄》《此去共浮生》《初恋的第一百种甜》
《林林岁岁花相似》

目

录

contents

目
录

contents

目

录

contents

目

录

contents

我已经把上辈子的感情都拿出来了，

你还要我怎样？

这天的天气欠佳，小雨转多云，一大早地面就湿漉漉的。

学校四楼的舞蹈室里热闹非凡，正在排练一出经典话剧，曹禺的《雷雨》。郑鸣鸣和班上的几个同学对着台词，深情饱满而略显浮夸的声音从窗口传出来。

"我一个人，静悄悄地独坐在桌前。院子里，连风吹树叶的声音也没有。你睡了没有？你的呼吸均匀吗？你的灵魂暂时平安吗？你知不知道，我正含着两眼热泪，在这深夜里和你说话？"

"我把我的爱，我的肉，我的灵魂，我的整个儿都给了你！而你，却撒手走了！"

"我们本该共同行走，去寻找光明，可你，把我留给了黑暗！"

"今晚要是有一杯毒药在镜旁，我或许早已在极乐世界里了。"

……

惜光趴在走廊的栏杆上，耳朵受到了荼毒，却浑然不觉，眼睛直直地望着不远处的广场。那里聚集了一些穿学士服的大四毕业生，正摆着各种姿势拍照。青春飞扬的笑脸，完全不受地面积水的影响。

"惜光，你怎么不来给我们点评一下？"郑鸣鸣从舞蹈室内探出头来，热情地招呼她进去。

惜光扭头笑了笑，说："我听着挺好的，你们继续呀。"

她似乎懒得动弹，依旧微弓着腰的姿势，没有打算挪步。郑鸣鸣觉得没趣，又回去和其他人探讨剧本去了。

时间缓慢过去，将近中午十二点。

地上的水渍悄然被蒸发干净，不留痕迹。阴沉了一上午的天，逐渐放晴，云层散开，稀薄的日光洒下来。

广场上拍毕业照的人又换了一批。

这次走来的队伍里，男生居多，站在一起场面颇壮观。最后一排靠边的位置上，有个挺拔的高个子少年，十分惹人注目。

惜光眯起眼睛，想看清楚一点。他像是突然从哪里赶过来的，没有来得及换上金融系统一的学士服，穿的是一件亚麻色的棉衬衣和黑色的休闲裤。清浅的阳光，在他身后勾勒出一个模糊单薄的剪影。

惜光看着他，仿佛很近，伸出手，却是一个远远够不到的距离。

她轻声说："延树，毕业快乐啊。"


摄影师在正前方的位置上，调试好相机的角度："来，同学们，都看镜头这里，记得保持好微笑……

"三，二，一！茄子！"

顾延树如有感应般，在最后一秒回头，他目光茫然地望向身后，看到的只是一丛丛繁密的矮冬青树和几栋分散的教学楼。

视线扫过，除了嬉笑打闹的陌生人群，他没有看见那个熟悉的身影。

相片在这一瞬定格。

不知从哪里飘出雷声轰隆的曲子，听起来耳熟，像是《雷雨》中的背景配乐。

集体合照之后，是自由留影的时间。

大家着急地抓住青春最后的尾巴，努力拗造型。三五成群，勾肩搭背，个个冲着镜头张牙舞爪。

顾延树也没有马上就走，和头发花白的老教授站在广场边沿的花坛前说话，旁边的人群喧哗，只有那一角显得寂静，红色月季探出枝丫。

即使是同班了四年的女生，也都只拿着手机频频回头看他，不敢真正走上前去，开口要一张合影留念。

惜光蹲在走廊的外墙下，心跳紊乱。

明明知道隔着这么远的距离，顾延树回头的那一眼，肯定看不见她，惜光却条件反射地藏了起来。

郑鸣鸣出来透透气，一手端着牛奶，一手拿着面包，看见惜光还在外边，惊讶地说："我还以为你早走了呢。怎么蹲在地上，肚子不舒服吗？"

惜光摇摇头说："没有。"

她左脚麻了，站不稳，郑鸣鸣腾出一只手扶了她一把。

舞蹈室里空空荡荡的，剧本和道具乱糟糟地散落在地上。其他的同学都出去吃午饭了，约好了下午上完两节课后再继续排练。

惜光问郑鸣鸣："你中午不去食堂大扫荡，是想要减肥吗？"

郑鸣鸣啃了口面包，捡起剧本，故作严肃地说："我都这么苗条了，用得着吗？我留下来是干正经事的。剧本台词太多，我到现在还没背下来，再不加把劲，演出就要黄了。"

惜光对他竖起大拇指，说："革命尚未成功，同志仍须努力。"

"你……"郑鸣鸣指着惜光说，"同志，你也要为班级贡献出自己的每一点光和热啊，现在没什么事的话，就来陪我对台词。"

惜光同意："行啊。"

惜光翻了翻剧本，大致浏览了一下，听见郑鸣鸣问起："惜光，你现在和顾校草，是不是在一起了？

"我们好多人都在猜，那天顾延树在广播里轰轰烈烈地告白之后，接下来是怎么发展的？你有没有迫不及待地点头答应他、拥抱他、狂吻他？"

惜光无奈地笑着说："是啊，我对他一直挺迫不及待的。"

男生有时也八卦，郑鸣鸣紧张地问："然后呢？"

惜光笑了，反问道："这种事难道还要有然后？"

"那肯定啊，然后你们不应该如胶似漆地交往吗？"郑鸣鸣畅想着说，"一起在校园里秀恩爱，闪瞎众人的眼，给单身的、有对象的统统造成一万点伤害，羡慕死广大师生，多年以后成为 E 大的一段传说，流传在校园的各个角落……"

郑鸣鸣看着惜光，质疑："为什么和想象中的情况根本不同？你现在更像是失恋了，一个人在这里闲着。"

惜光淡然地说："我不闲着，能有人陪你背台词？"

郑鸣鸣大失所望，手一抬，将牛奶盒子扔进垃圾篓子，默默地去寻找剧本中能够突破的点。

惜光坐在地板的棉垫上，背靠着整面的玻璃墙，剧本搁在膝盖上，渐渐发起呆来。

自己看起来很像一个失恋的人？

好像，还真是失恋了啊。

这段感情，在她还没回过神来的时候，已经猝然结束了。

林深时见鹿❷

那天，在告白、拥抱、亲吻之后，顾延树接到一个电话。

不过半分钟的时间，他挂断电话，神情晦暗不明，脸上已经没有了表情。他对她说："惜光，我妈妈她……自杀了……

"管家说，她今天只见过你。"

惜光的瞳孔骤然瑟缩了一下，一瞬之间，她被他复杂晦涩的目光狠狠刺痛了。她蓦然白了脸色，却还假装镇定，背脊挺得笔直。

巷子口寂静，快要落山的太阳泯没在灰白的墙头，四周的光线被收拢起来，夜色吞噬了他们。

顾延树没有再说其他的什么，他不曾质问惜光，不曾怀疑她，也不曾指责她，但此时母亲的生死横亘在两人之间，只剩下相对无言。

相对无言。这真是一种悲哀。

"我先去医院一趟。"顾延树当时对她说。

清癯修长的背影，渐行渐远。

惜光留在原地，脸庞僵硬，不知该哭该笑。

她被强制性请到了顾家，她对陆婉凉说，我喜欢顾延树，要跟他在一起，只要他不放弃，我就奉陪到底，陪他一直走下去。

陆婉凉口气讽刺，你们年轻人说出来的话好听，但往往不堪一击。

惜光听后不以为然，心里无比笃定，相信自己和顾延树还有很长久的未来。她下了那样大的决心，想要跟他在一起。

可是一个电话而已，就快把她打倒了。


关于陆婉凉的情况，最后还是由宋渝生告诉惜光的。

"陆阿姨手腕上有一道很深的口子，醒了之后精神不太稳定，所以顾家一直没有让她出院……但你也不用太担心，她这样的情况慢慢会好，只是时间问题……"

惜光却觉得，不会再好了。

陆婉凉这一辈子的心腹大患只剩下鹿惜光，她是陆婉凉的眼中钉、肉中刺。陆婉凉一生风云，懂步步为营，也懂先下手为强、掌握主导权总没有错。

惜光知道，有些事，不会再好了，留在那里，就是天长地久的一道暗伤。


郑鸣鸣用手在惜光面前挥了挥，让她回神："嘿！嘿！惜光，你准备好了没有？"

惜光收回思绪，把剧本打开到指定的那页，说："我们开始吧。"

郑鸣鸣扮演的角色是《雷雨》中的周萍，台词不少，尤其是和他后母繁漪的关系，错综复杂。母子之间畸形的爱情，要通过口头语言阐述出来，难度很大。

惜光配合郑鸣鸣，读的是繁漪的台词。


惜光（繁漪）："我盼望你还是从前那样诚恳的人。顶好不要学着现在一般青年人玩世不恭的态度。你知道我没有你在我面前，这样，我已经很苦了。"

郑鸣鸣（周萍）："所以我就要走了。不要叫我们见着，互相提醒我们最后悔的事情。"

……

惜光（繁漪）："你欠了我一笔债，你对我负着责任；你不能看见了新的世界，就一个人跑。"

郑鸣鸣（周萍）："我认为你用的这些字眼，简直可怕……"

半个小时后，两人已经念到口干。

"渴死了。"惜光说。

郑鸣鸣扔了剧本，把她从地上拖起来："走，咱们去吃点东西！"两个人根据就近原则，往教学楼旁边的小咖啡厅里走。

郑鸣鸣帮惜光点了一杯草莓冰激凌和两个葡式蛋挞，批评她："今天只能到这里了，我看你心不在焉的，念个台词就跟初中生在国旗下朗诵悔过书一样，没有真情实感，一点都不打动人。"

惜光无奈地说："我已经把上辈子的感情都拿出来了，你还要我怎样？"

郑鸣鸣说："可能你上辈子就是根木头吧。"

惜光打了个哈欠说："也是，连我外婆都说我天性木讷。"

郑鸣鸣感慨："是啊，你平常呆呆的，也只有听到顾校草的名字才会两眼放光，荷尔蒙激增，七情六欲被挑动。"

惜光按着额头，问："鸣鸣，为什么你十句话不离开顾校草三个字，我有时候不得不怀疑，你是不是对他——也有意思。"

"哈哈哈，"郑鸣鸣大笑，脑门上惊现几条抬头纹，"鹿惜光，我要是对顾校草有意思，还轮得上你吗？"

惜光："……"

服务员把装着冰激凌的茶色玻璃碗递上前，惜光接过，顿了一下，手指贴合在冰凉的碗沿上。

面前墙壁铺的是白色瓷砖，光亮得像镜子一样，清晰地映出了从店门口经过的两道身影。男生轮廓清俊，简单的衬衫加休闲裤；

女生戴一副大大的墨镜，轻巧地挽着他的胳膊，仰头笑着跟他说话。

——延树和谢诺。


"惜光，怎么不尝尝冰激凌？"郑鸣鸣问她，"觉得味道不好吗？要不要再点个别的？"

"没有，我忘记吃了。"惜光说。

郑鸣鸣捶胸顿足，翻了个大白眼说："真是服了你了。我就是开个玩笑说对顾校草有意思，你也不用郁闷成这样吧？都难过得吃不下东西了？"

惜光无声地笑。

郑鸣鸣吓了一跳："你眼睛怎么红了？"

惜光还是笑，说："风太大了。"

"见鬼了，这里哪里有风。"郑鸣鸣拆她的台。

惜光的眼睛更红了。

郑鸣鸣赶紧向她保证："我是不是又说错什么了？行，我什么都不说了。"

惜光吸吸鼻子，笑道："你早就该闭嘴了。"

第二章

都说玫瑰花是带刺的，

咱们校草浑身自带的是玻璃碴儿，

近身者死

中国香港作家张小娴在小说《我终究是爱你的》里面构造了一个有趣的情节，女主人公得到一大笔意外之财，花重金雇了一个私家侦探来跟踪自己。

忧郁的青年侦探每天的工作很单一，就是跟着女主人公，记录她每天的生活，像她在暗处的影子。

漆黑的房间里，偶尔会有水管滴水的声音。惜光睁着眼睛，翻来覆去睡不着，她不知道自己为什么会突然想起这本书，这个桥段。

但她确实萌生了一个疯狂而大胆的想法。

她想去试一试跟踪顾延树，看看他的一天，是怎么过的。


但这个想法要付诸实践，难度无异于登天。

顾延树本就是一个行踪不定的人。他有时候整天整天在顾氏公司工作，有时候神出鬼没到了学校，常去的酒吧是 7 号渡口，常待的地方……或许、或许只有宋渝生才知道。

至于惜光，根本摸不清楚规律。

但最近不同，大四毕业生会频频返校，办理离校的一些手续。惜光不需要去别的地方，只要在金融系的教学楼附近等着。

惜光果然看见了他。

这次他是和班上的同学一起从侧门出来的，手里拿着深棕色的档案袋，一边走一边在接电话。

一群人热闹地下了台阶，蜂拥着去宿舍收拾东西，计划再去聚

林深时 见鹿 ❷

一次餐。只有他旁若无人般，径直朝南门口的方向走。

惜光想，延树还真是一如既往的不合群啊。

顾延树把手上的几样东西扔到了副驾驶座上，发动车子离开学校。

惜光拦下一辆出租车，跟司机说："师傅，麻烦跟上前面那辆车，牌照后面带两个'6'的那辆车。"

司机通过车内后视镜看了她一眼，没多问，踩着油门飞快地冲出去了。

大概是惜光的表情很严肃、很紧张，司机默默地把音乐电台也关掉了，一心一意地打着方向盘。

一个小时以后。

顾延树的车依旧保持着匀速，还没有要停下来的迹象。

地带越来越偏僻，不同于商业区的繁华，摩天大厦鳞次栉比，各式各样的店铺琳琅满目，这里道路两旁的楼房显得陈旧，都是上了年头的建筑物，行头时不时闪现一两个卖水果的摊子。

快要到城郊了。

惜光有点慌了，皱着眉自言自语："他是不是发现了后面有车跟着，故意绕路？"

"不会不会，"司机安慰她，"我没有一直紧盯，时远时近的，不会让他轻易发现……"

两人说话时，顾延树已经拐进了前面的一条巷子停下来，车子熄了火。车门打开，他弯腰从里面出来。

司机提醒惜光："你也赶紧下车，在后面跟人的时候要选择好地点，注意及时隐藏，胆子要大，千万不要畏畏缩缩！"

惜光："……"

顾延树去的是一家动物保护中心，葱绿的招牌笔直地竖在门口，像一棵小松树。

等他进去了五六分钟，惜光才鼓起勇气，推开那扇半透明的玻璃门。干净整洁的前台上趴着一个十五六岁的女孩儿，抬起头问她："请问你有什么事吗？"

惜光还没想好该怎么回答，只好含糊地说："我可以进去看看吗？"

女孩儿却把她误当成来这里做义工的志愿者，笑道："当然啦，不用这么客气，我们应该谢谢你才是。"

惜光知道女孩儿会错了意，也不拆穿，目不斜视镇定自若地往里走。

里面的世界别有洞天，视野开阔，像一个依山而建的动物园。

离惜光最近的位置上是一个很大的纸箱子，里面躺着一只大型的萨摩耶，温顺地垂着眼睛伏在底下垫着的棉花上。但它好像受了伤，背脊上有几道刺目的口子。

两个工作人员和兽医在旁边忙活，一边安抚萨摩耶，把它当成小孩儿一样哄着，一边迅速地帮它处理好伤口。这里很多被送来的动物，都遭到过主人的虐待，受到过不同程度的伤害。

惜光看见萨摩耶伸出舌头舔了一下医生的手指，又很快缩回去，讨好一般。

她记得以前在谢家的院子里养过一条这样的狗，眼睛望着你时，总像在对你笑，光看着它就容易心软。

惜光想靠近一点，摸摸它的脑袋。旁边两排茂盛的榕树后，传来一个老者的声音："小顾，今天有空过来呀？"

有人简单地回答："嗯。"

老者继续问："还去给狗崽子们钉新房子？"

"嗯。"依旧不变的语气词里，透着冷清的味道。

熟悉的声音，响在惜光的耳畔，好像他就站在她身边说话。

惜光瞬间转过身，背对着繁密的枝丫和垂到地上的榕树叶，明知道他应该看不见自己，却心虚得一动也不敢动。

榕树是天然的屏障，惜光重新跟上顾延树。

他一路沿着绿荫的边缘走，白色的衬衫衣角被微风轻轻吹起，手上拎着一个木头做的工具箱。

走过这一条榕树覆盖的小道，惜光看见一片用铁栅栏围起来的区域。顾延树路过时，停了下来，吹了声口哨。

铁栏内，大堆大堆的草垛后面传出动静。一头月亮熊笨拙地迈着步子走出来，发出一声吼叫，像是回应刚才的口哨声。

惜光曾经到山区暗访时，在逼仄的黑屋子里听到过月亮熊撕心裂肺的哀鸣，让她悚然。如今这叫声却欢快，透着点轻松愉悦的感觉，不会叫人害怕。

厚厚的熊掌从铁栏宽大的缝隙中探出来一点，顾延树站在外围，从裤袋里拿出右手，伸过去，捏着熊爪子握了握。

他们像两个好久不见的老朋友。

惜光站在树后，看不太清，却觉得这一刻顾延树的脸上应该是带着笑的。那双曜黑的眸子里，漫过和煦如春阳般的微光，会让人感觉到温暖。

她曾经亲眼见过月亮熊被取胆汁，当时那太过残忍的情形让她心理崩溃。

她对他说，延树，我其实不怎么喜欢这个世界。有人放生，但有更多的人在杀戮；有人拜佛，但有更多的人在掠夺。我看见那些黑熊的时候，感觉到罪恶，为什么每天都会有那么多不好的事情发生，有那么多的绝望……

如今她看到这一幕，顾延树和月亮熊轻轻握手的情景，那时内心冰冷的一角仿若被温暖抚平，终于可以释怀。

从铁栏前离开，顾延树的目的地就在不远处的两间平房前。门前的草地上，散落着很多刨好的木料和木屑。

顾延树把工具箱放下，挽起衬衫袖子，就准备开工。

他挑挑拣拣，选了大堆觉得合适的木头出来，又从工具箱的抽屉中拿出小铁锤、钉子，还有墨线等一些木匠常用得上的工具。

量好木头的尺寸，敲一敲，钉一钉。他弓着背，踩着花白的木屑和在阳光下飞舞的尘埃，开始忙碌起来。

惜光在小路的尽头看得出神，一个纤瘦的身影突然从背后蹿出来："嘿，原来你在这儿！"说着，递给惜光一瓶饮料。

是刚刚在前台的那个女孩儿。

女孩儿的肩膀上斜挎着一个大大的布兜，里面装的全是瓶瓶罐罐。

"谢谢。"惜光说。

"不客气。"女孩儿说，"我特地过来给你们工作人员和志愿者送喝的，兜里还有，渴了就问我要哈。"

她也看见在做木工的顾延树，低头翻出一瓶水，拜托惜光说："等下你把这个给那边那个帅哥吧，我就不过去了。"

"为什么？"惜光问。

女孩儿做了个鬼脸说："我不敢，他太酷了。"

惜光笑，想起Э大里关于顾延树的种种传闻，都说玫瑰花是带刺的，咱们校草浑身自带的是玻璃碴儿，近身者死。

惜光问："他经常过来吗？"

女孩儿说："不一定，他似乎很忙，有时候一两个月里就来那么一两次吧。但这里的人都认识他，小动物也特别喜欢他，他盖的小木屋温暖又好看，狗狗们都抢着住。"

"就是他现在动手在做的？"惜光问。

"对啊，"女孩儿说，"他每次过来都是到这里做木工，给狗狗盖新房子。兽医说受过虐待的小动物其实更适合住温暖一点的木房子，铁笼子里太压抑了，一点都不有爱。所以这里的一些工作人员和志愿者会自己动手，来帮着盖房子。"

惜光看着顾延树的背影，他弹墨线，锯木料，组装拼接钉钉子，像个细致又严谨的传统手艺人。手上的动作始终不快不慢，匀速进行着，保持着同一个节奏，从不会失了分寸。

惜光把手上的一瓶纯净水还给女孩儿，抱歉地说："这个我恐怕没法替你送过去。"

"为什么呀？难道你也怕他？"女孩儿问。

惜光点头说："可不是嘛，我不只是害怕，看见他还腿软，走不动路。"

"哈哈哈，你真逗！"女孩儿笑。

惜光撤退之前，打听了一句："这家动物保护中心好像是私人办的啊，你知道大 Boss 是谁吗？"

"听说最大的投资人姓顾。"

"这样啊……"

第

三

章

如果这还不算是爱情，

那我想，我这一生都不会拥有爱情

太阳落山时，顾延树从动物保护中心出来。

早就坐在出租车里等候的惜光让司机跟上去，她想，这一天丧心病狂的跟踪大概可以结束了。

最后一站，顾延树去的是宣仁医院。

顶楼的那一层，空荡又安静，偶尔有护士和医生经过，连脚步声都显得格外轻。陆婉凉的病房门口有两个保镖把守，不让任何闲杂人等进入。

惜光不能够靠近，只得留在走廊的拐角处。

"叮"的一声，不远处的电梯门打开，谢诺捧着一束白色康乃馨走了出来。她没有留意到那边角落里的惜光，踩着高跟鞋往病房走。

两个保镖应该认识她，叩了三下门。

然后房门从里面被拉开，露出顾延树的脸。谢诺迎上去，踮着脚拥抱了一下他，又主动迅速放开。

仿佛刻意不给他拒绝她的机会。

窗外的夜色深浓，城市中矗立的高楼流光溢彩，镶嵌的玻璃反射出璀璨的光。惜光在那里不知道站了多久，若有似无的笑声从那头的病房中传出，仿若她的幻听。

她没有继续再等，准备离开，返身撞上一身白大褂的宋渝生。他眼疾手快地扶了惜光一把："小心。"

"来探望陆阿姨？"宋渝生问。

惜光闷闷地点头："嗯。"

宋渝生瞥见不远处病房门口的森严守卫，登时明白过来惜光的处境。他拉着惜光往外走："你还没吃完饭吧？医院附近有家不错的店，你应该也会喜欢，一起去？"

"啊？"惜光傻了，问他，"你不进去吗？"他应该也是打算去探望陆婉凉的。

宋渝生微微笑，说："临时改主意了，改天再来也不迟，突然想到好像还没请你吃过饭呢。"

宣仁医院出门左拐，两百来米的地方，是一家日本料理店。

店内的装潢淡雅而繁复，进门是一处拱桥流水，桥下的清池中养着红色的锦鲤，睡莲浮动。细竹的盆栽整齐地摆放在长廊两侧，打开的和风纸伞悬挂在花纹素净的墙壁上。

宋渝生脱了白大褂，搭在手臂上，一边并肩和惜光走着，一边偏头和她说着闲话。惜光渐渐放松下来，心情也开朗不少。

落座后，宋渝生推荐了几道菜，把菜单交给惜光。

两个人点了一桌子的东西，惜光觉得宋渝生从小到大都是像哥哥一样的存在，在他面前也就不用讲客气了，吧唧吧唧地吃起来。

"我好像也有一阵子没看见遇云了……"惜光突然想到她。

宋渝生点点头，说："她上个月去珊瑚群岛了，跟我说是要去拍海边上一棵罕见的树，走的时候兴致勃勃，不玩够了，是不会回来的。"

提起那个白发张扬的女孩儿，他语气里充满了无可奈何，迷人的桃花眼中带着一丝显而易见的宠溺。

惜光偷偷笑，渝生应该喜欢遇云很久了吧。

水墨屏风隔开的后面一桌，来了人，一重一轻的脚步声。

惜光起初没有在意，直到谢诺点餐的声音响起，她吞咽的动作一顿，差点把自己呛着。

人生何处不相逢，抬头不见低头见，这该是多大的缘分。

谢诺对面的座位上，毫无疑问是顾延树。

距上菜还有一段时间，谢诺开始斟茶，一股细小的水柱冲入茶瓯中的声音清脆，像清泉撞击光滑的石壁。

"延树，阿姨好像不怎么喜欢鹿惜光哪，我刚刚只是提了一下这个名字，她看上去就不开心了……你有没有想过，到时候阿姨不同意，顾家的人都不同意，你怎么办，还是不顾一切选择和鹿惜光在一起吗？"

顾延树皱着眉头说："我会处理好。"

"你是能处理好，可是你一定会很累，"谢诺说，"而你本可以不必这样累。你只是选择错了一个人，就需要付出太多不必要的代价，承受太多不必要的压力，甚至会牺牲一部分亲情，害自己的妈妈伤心……"

"诺诺，你到底想说什么？"顾延树问。

谢诺俏皮地笑了一下，说："延树，你有没有想过呢，你其实并不是非她不可的。

"我知道，你和鹿惜光算是一起长大的，那些年你们相互陪伴，是彼此儿时记忆中不可替代的唯一，这点是事实，我没有办法反驳。而那个时候我还在美国，只是个毫不相关的局外人，确实也没有资

林深时 见鹿 ❷

.021.

格反驳。但我想说的是，你打小习惯了那样一个人的存在，放不开也是情有可原，就像我以前有个很喜欢的布娃娃，有一天突然弄丢了，再也找不到了，于是一直惦记到了现在，依旧念念不忘。

"你对她那么执着，或许也只是一种习惯呢？

"因为曾经失去过，所以如今才想要牢牢抓住……

"但这根本不是爱情……

"延树，你对龚惜光，根本就不是爱情……"

惜光面前的味噌汤被瓷勺子搅拌得快要凉了，她低着头，一只手无意识地攥紧了自己的衣角。

她仿佛在和谢茗一起等那个回答。

大片大片的沉默如一盏盏壁灯倾泻而出的灯光，在周围蔓延开来，四下安静得好似一座荒芜的坟茔，连咀嚼的声音都听不见。

顾延树没有再说话。

惜光的心一点一点沉了下去。

惜光用手指头蘸着水，在桌子上写字："我想先走了。"

宋渝生点头，拿上衣服，带着她绕路出去，没有经过那一扇水墨屏风，避开了顾、谢二人。

"渝生，你不用送我了，我想自己搭公交车回去。"惜光说，面部神经僵硬地扯动着皮肉，笑得实在难看。

宋渝生担心她，但也不勉强，只说："回家后打电话告诉我一声，路上注意安全。"

惜光点头，就准备走。

宋渝生把她叫住，说："惜光，有时候你听到的并不能代表什么，更何况刚刚……延树并没有否定你们之间的感情不是吗？不要想太多，回去好好睡一觉，你明天还要去学校上课吧？"

惜光说："嗯，我知道的。"

路口的绿灯亮了，她走过斑马线，单薄倔强的背影淹没在人群中，眨眼间就看不见。

宋渝生叹了口气："延树，你自求多福。"


料理店内，屏风之后。

顾延树自始至终只喝了茶，低着头，像是在想些什么。过了许久，他回答了先前那个关于是不是爱情的问题。

他对谢诺说："鹿惜光占据了我生命中大部分的时光，她是我做梦会梦到的人，喝水时会突然想到的人，一有空闲时间就想要见到的人，忙工作时也会突然从我脑海里冒出来的人……

"我再也不可能对第二个人产生这种要命的感情，得不到就会发疯，失去会想杀人。

"如果这还不算是爱情，那我想，我这一生都不会拥有爱情。"

他喝完最后一杯茶，修长白皙的手指从杯沿上收回，起身结账离开。灯光转换了颜色，调试成更柔和的暖黄，余晖似的洒在他漆黑如墨的头发上，看上去就像是一幅没有瑕疵的工笔画。

直到顾延树走了很久以后，谢诺才打电话叫经纪人过来接她。

她去洗手间补了妆，墨镜挡住微红的眼睛，冲镜子里的自己扬起灿烂明媚的笑容，依旧是那个年少成名风光无限的谢家公主。

林
深
时
见
鹿
❷

妈妈，现在你都知道了吧？

我才是那个最该死的人……

九琼山林木葱翠，素来出名，A城最昂贵的墓园就建在这里。虽然出名，但还是冷清，白天来的人寥寥无几，傍晚以后进门的，就更少了。

可顾延树只有趁着夜色才会去。

守门的是个五六十来岁的老头，一个人在看花鼓戏，时不时跟着电视机里的人突然唱上两句。旁边的凳子上有半瓶白酒和一碟花生米。

顾延树把车停在外面，没打扰老头来开大铁门，自己从敞开的侧门走了进去。

他并不熟悉路，这些年过来祭拜的次数屈指可数，沿着缓坡走了十来分钟，凭着模糊的记忆在半山腰的大片长青松柏前停了下来，走近了，才借着路灯看清墓碑上刻的字和相片。

相片里是个面目冷峻的中年男人，在商场沉浮多年，眉目间打磨出一股硬朗之气。

他曾经是顾延树幼年时最敬仰的存在，威严、勇敢、无坚不摧、坚韧不拔。那是一个孩子对父亲这个角色最美好的寄托。

他叫顾靖阳，顾延树的父亲。


以前大院里的人都说，小延树长得不像爸爸，也不像妈妈，倒是眉眼间有点奶奶年轻时候的神韵，故而最讨两个老人喜欢。但小延树自己听了是不服气的，他觉得自己当然要和爸爸最像。

顾靖阳从商，凭一己之力打造出一片属于自己的天地，大院里的长辈每次提起他都要竖大拇指，小延树听了隐隐感到自豪。但他从来不黏人，从来只是把感情藏在心底，加之顾靖阳严肃的时候居多，父子二人的关系一直平平淡淡，不会显得特别亲近。

但那时候的顾延树，是从心里敬佩自己的父亲。

是从什么时候开始发生翻天覆地的变化的呢？

大概是因为有一天，他偶然发现了母亲手臂上被烟头烫伤的疤。他渐渐留意，发现不只是手臂，还有肩膀上、背部，各处都是。也不止烫伤的痕迹，还有鞭子抽打的、刀子割伤的，触目惊心。

当发现凶手就是自己最敬佩的这个人时，小延树被彻底吓住了，从此对他只剩下无边的惧意。


已经多少年了？这个人离开人世。

顾延树从不去想这个问题，也不愿意花一丁点时间来回忆。

长大后，若不是有几年推托不过去，随着爷爷和奶奶来过几次，他甚至连九琼山的方向都不清楚。

他的父亲，是被他刻意遗忘的人。

顾延树凝视着那张相片，父子两人仿佛隔着时空持久地对望着，他坐下来点燃一根烟，火光在夜色中一闪而逝，白色的烟圈被晚间的风吹散。

顾延树不明白自己今晚为什么会过来。时隔多年，他对着一块石碑依旧无话可说，只有心里划开的那个口子越来越大，冰凉刺骨的风不断从里面刮过，无休无止。

他觉得冷。

手机振动，是陆婉凉的主治医生打来的电话，说病人现在情绪很不稳定，希望顾延树能够马上赶过去。

顾延树把烟头按灭在坟前的松树下，头也没回地下了山。

守门的老头已经把电视关了，喝过酒后满脸通红，坐在椅子上打瞌睡。顾延树经过时，老头睁开眼睛从窗口瞄了他一下，又继续打起了鼾。

开车从九琼山回去，比来时耗费的时间缩短了一半。

宣仁医院顶层住的病人本就只有几个，走廊上格外安静，连出入的家属也少见。

顾延树推门进去的时候，陆婉凉正靠坐在病床上打点滴。先前各家探望时送来的名贵花束，拥簇着叠放在两旁的床头柜上，色彩纷呈。两相映衬下，显得她一张素颜的脸庞越发苍白。

顾延树走到玄关处，陆婉凉听见他的脚步声，睁开了原本合上的眸子："来了？"

"李医生告诉我，您刚刚拒绝了输液。"顾延树说。

陆婉凉笑了一声："他不这么说，你会马上过来？"

"妈……"顾延树拖长了语调，有无可奈何的意味在里面。

"是真的有事情要找你……"陆婉凉话音未落，敲门声响，保镖放进来一个身材高挑的女孩儿。

穿米白色雪纺裙，长发披肩，明眸皓齿，大约二十岁的年纪，已经有落落大方的气度，她说："陆阿姨好……"乌黑的眼睛望向房内，最后停在顾延树身上，不知该怎么称呼，也向他微笑着点头示意，说，"你好。"

陆婉凉招呼她过去："不用这么客气……"说着开始替女孩儿

和顾延树介绍对方。

顾延树却像个局外人。

他刚从墓地赶回来，身上仿佛还带着没有散尽的戾气和阴沉，纯黑色的衬衫贴在身上，越见冷漠和疏离。靠墙站着，面目冷峻，在白炽灯光的笼罩下，他整个人宛如展览大厅里一尊没有生命的石膏像。

女孩儿走过来主动和他握手，手刚伸到他面前。

"出去。"他语气冰冷，仿佛带着刺。

女孩儿慌张地看向陆婉凉。

陆婉凉也是一愣，她知道自家儿子的性格孤僻，对人的态度向来不会热切，但也不至于态度会像今晚这样恶劣，只好率先冷了脸，试着圆场："延树你怎么和人家姑娘说话的……"

"出去！"顾延树又重复了一遍。

他不起波澜的声音里，仿佛压抑了太多困顿的情感，就快要爆发，如陈旧的老墙被凿出了一条缝隙，就快要坍塌。

女孩儿几乎是小跑着逃出去的，应该是被吓着了，手上也失了力道，随着关门的动作带来一声巨响。

巨响过后，豪华的病房里，是满天满地的寂静。

吊瓶里的液体一点一点往下滴，顺着透明的胶管流进身体，陆婉凉把心头涌上的怒意压回去，平静地对顾延树说："那只是你爷爷战友家的一个孩子，年龄合适，性格也好，我想先介绍给你认识一下，但你这是什么态度？"

顾延树反问道："先只是认识再相处，然后订婚、结婚，预备要我这样吗？"

陆婉凉陈述事实："你总该要结婚。"

顾延树闭了下眼睛，声音低沉地说："我只和自己喜欢的人结婚。"

"喜欢的人？你是指鹿惜光？"陆婉凉冷笑，她的语气轻蔑，每次提起这个名字就浑身带刺，说出的话难听，"我还真是低估她对你的影响力了，时隔这么多年，竟然还能够让你死心塌地。她那时候贪生怕死扔下你一个人逃走，谁知道以后……"

"砰——"

顾延树一拳砸向了墙壁上的镜子，猝然打断陆婉凉的话。

"您好好休息，我明天再过来。"顾延树说着转身往外走。

陆婉凉在片刻的愣怔之后，大声道："你站住！"一把拔了手背上的针头，掀开被子下床，跟跄地跑过去抓住顾延树的胳膊，用恶狠狠又几乎带着哀求的声音，气息不稳地问他，"儿子、儿子……你为什么非要和鹿惜光搅在一起啊？听妈妈一回，算妈妈求你，你这辈子娶个适合你的好女孩儿安安稳稳地过一生，不好吗？"

顾延树握紧的拳头上，血迹蜿蜒，渗透指间的缝隙。他的心就像那块破碎的镜子，被分割成无数块不规则的几何图案，四分五裂。

"难道惜光还不够好吗？"

"她配不上你！"

"您为什么总要针对她？"

陆婉凉忽然哑口无言，慌张地重复说："她配不上你！"

"不管是以前还是现在，都是我配不上她！"顾延树麻木的嘴角往上挑了一下，眼神空洞，没有任何表情的脸上却露出一种隐忍的痛楚，"她从没有放弃过我，我却恨了她六年。妈，您不觉得这太残忍了吗？"

陆婉凉不敢置信，猛然一震，颓然地问："你……都知道了？"

"是，我全都知道了。"顾延树说。

父亲的车祸，绑架案的真相，惜光当初离开的原因，他通过卢三的口，全都知道了。

但实际上，他心中所隐瞒的，所背负的，才是最深的罪孽。

他才是那个罪无可赦的人。

那是很久很久以前的一个夜晚，顾延树记得窗外有淅淅沥沥的雨声。

他又做了那个噩梦，高高扬起的鞭子落在母亲的背脊上，父亲醉酒的脸变得无比狰狞，像地狱里的魔鬼。

这个时候，他已经很少再开口说话了，从梦里哭醒的呜咽声和醒来后也久久无法平息的啜泣声，仿佛不是他自己的。

他抹干了冰冷的眼泪，套上衣服，走到二楼尽头的书房去练字。路过母亲的房间，还是忍不住想要进去。

卧室里没有人，他到衣帽间也寻找无果之后，正准备离开，陆婉凉从外面进来，反锁了门，根本没有发现他在房间里，开始打电话。

那一晚，他站在衣帽间听完了全程。

黑色林肯，动手脚，制造车祸，三天后，先付一半的钱……这些零零碎碎的字眼，足够顾延树把整个事件串联起来。

三天后，顾靖阢晚上要去参加一个重要的会议。

顾延树在吃晚餐时，一直出神，不小心把碗打翻了。坐在他旁边的陆婉凉赶忙去看他烫伤的手指头，自己手腕上的伤口忘了遮掩，从袖口隐隐约约露出一截纱布来。

顾延树知道，那纱布下是溃烂的伤口。

他看着对面西装笔挺的顾靖阳，心里突然涌上滔天的恨。

晚饭后，顾靖阳准备开车走。车库里停了六辆不同的车，不知道为什么，他没有选择平常最爱的黑色林肯，反倒越过它，朝后面走去。

"爸爸……"

顾延树出现在车库前。

顾靖阳回头一愣，以为自己产生了幻听，他已经很久没有听到过儿子开口叫他了。

"爸爸，"顾延树指着那辆林肯，稚嫩的脸上带着天真的表情，他说，"这辆车好看。"

顾靖阳心里有说不出的高兴，又走回到了林肯车前，拉开车门，坐进去，爽朗地笑着对他说："等爸爸哪天有空了，开这辆车载延树出去兜风。"

"好啊。"顾延树说。

这是顾延树穷极一生也无法忘怀的对白。

他和顾靖阳父子之间，留给彼此的最后的最亲近的对白，带着几分美好的期许。

他们甚至还对彼此露出了久违的微笑，微笑的背后，却藏着一个孩子的阴谋。

小延树那时以为这是一起早有预谋的绑架，足以震慑他的父亲，拯救他的母亲。却不知道，这会是生死之别。

顾靖阳开车离开以后，顾延树去书房练字。他长得还不高，瘦弱白净的孩子坐在高高的椅子上，握着楠木做的笔杆，小小的手指，似一抹无瑕的玉色。

他学爷爷的笔法，在宣纸上认认真真地写。

写到最后，手却开始慢慢控制不住地颤抖，白色的毛衣袖口沾染上砚台里的墨，黑色洇开一片。

不到一个钟头，家里乱了，有什么不好的消息已经传来。

他的奶奶在楼下哭得快要晕过去，大声悲痛地喊他的名字，延树，延树，你以后没有爸爸了……

顾延树反锁了书房的门，伏在铺满宣纸的桌上，抱紧了自己，很小的哭声仿佛是从胸腔里发出来的。

从那以后，他大病了一场，连或哭或笑的表情也不再有，犹如死去。

医生诊断为创伤后应激障碍症，全都束手无策，只有跟时间耗下去，看能否出现转机。再后来，他遇见了鹿惜光，生命里的那一点转机终于出现。

可宿命早安排好了一切，因果轮回般，他得到的终归要再度失去。


"这是不是报应？"

病房中，顾延树问陆婉凉。

陆婉凉瘫坐在地上，不敢相信耳朵听见的。

"没有人知道，爸爸的死，我在其中充当了至关重要的一个角色。如果不是我，他那晚根本不会上那辆车，他根本不会死……"顾延树说，"没有人比我更该死……"

他伸出冰冷的手指去擦母亲脸上的眼泪，轻声感慨一般："妈妈，现在你都知道了吧？我才是那个最该死的人……"

陆婉凉大哭："不是这样的，不是这样的……"

顾延树自顾自地说："你不应该用刀子割自己的手，这些年最不应该再活下去的人是我……

"遇见惜光以后，我却很贪心，还想继续这样苟且地活着。背负着秘密，痛苦地活着，虽然还是很辛苦，但也会觉得满足和开心。每天早上醒过来睁开眼睛，好像终于有了值得期待的事情……

"惜光很好，没有人再比她好。

"而我却是个怪物。"

他修长的脖颈，像被压住了，无法承受命运的磐石施予的力度，慢慢低垂。良久之后，他抬头，幽深的眼中如同一片浩瀚无波的海，平静得什么也没有。他把陆婉凉扶到病床上，替她盖好被子。离开时，他还特意把玄关处的灯关了。

走出医院，上了车，踩下油门，顾延树却像疯了。

车子在夜晚的街道上飞驰出去。

鹿惜光，我们来接吻吧

惜光独自从电影院看完电影出来，外面的天已经黑了。

大街上来来往往的人很多，她走到甜品店前的窗口，要了一个原味的冰激凌。奶油的味道在嘴巴里凉丝丝地化开。街边有个女孩儿在过生日，身边围了一圈朋友在给她庆生，惜光路过，差点被他们的蛋糕大战殃及。

惜光想起当年顾延树生日，自己绞尽脑汁送给他的礼物，是一棵树。

他们俩一起把树种在顾家的后山上，现在不知道长得有多高了，惜光忽然很想回去看看。

可惜她出师不利，偷偷摸摸在顾家的院墙外溜达时就被巡逻的警卫意外地发现了，军用手电筒的光照过来——

"谁在那里！"

惜光撒腿就跑。

警卫从正门追出来，似乎把她当成了小偷，不准备轻易放过她。


夜晚马路上，空旷无比。

这一片清静富贵，住的都不是寻常人家，平常也少有人来打扰，半天不会有路过的人，这时候更显得大道宽敞，只有惜光冲刺一般地在跑。

后面的人还在追。

惜光跑步速度是挺快，但肯定比不过在部队里训练过的警卫，眼看着就要被抓住了，一辆黑色的轿车从前方猛地冲过来——

急刹车的声音刺耳地响起，堪堪在惜光面前停下，车身差点挨着她。

强烈的车灯让惜光的眼睛仿若一瞬间失明，她愣在了原地，被吓惨了。

连后面的大狼狗，也被唬住了，没再汪汪乱叫。

驾驶座上走出来一个人，气势凛冽，走路都仿佛带着能够割伤人的厉风。他一把抓住惜光的手，把她往车上拖。

"延树……"惜光挣扎中，逆转强光，终于看清他的脸。

顾延树充耳不闻，通红的眼睛不看她一眼，把她扔上车，狠狠地甩上车门。

他跟陆婉凉摊牌后，从医院一路飙车过来，速度是失控的。

就在刚才那一刻，他的心跳差点停止，隔着车窗看见前方惜光的脸，迟缓的钝痛从胸腔传遍他的全身。

如今惜光就在旁边的座位上，他也觉得那种窒息，久久不散。

惜光心跳加速地窝在车内，不敢去看顾延树阴沉沉的脸色。

车不知道开到了一个什么地方，没有征兆地停下来，窗外是无边无际的黑色旷野，稀薄的月光也隐在云层后，消失无踪。

只有车内亮着昏暗的灯，顾延树的力气似乎耗尽了，趴在方向盘上。他闭着眼睛，好像睡着了，眼睑下一片青灰，紧皱着眉，隐忍而脆弱的模样。

惜光不明白他到底怎么了，害怕打扰到他，还是试探着伸出手去，动作很轻地触摸他漆黑的头发："延树……"

他却忽而睁开眼睛，像个孩子一样抱住她。

他的双手环在惜光的背后，修长消瘦的手指攥紧了她的衣服，如同溺水的人抓住了海上最后一根浮木。

他的头埋在惜光的颈边，滚烫的液体从眼角溢出来，落在她温热的皮肤上，流进衣领中，快要把她灼伤。

那片潮湿就像硫酸，在惜光心里腐蚀出一个血淋淋的洞。

她像小时候那样，回抱他，一遍又一遍地抚摸他嶙峋的背脊，声音沙哑地叫他的名字："延树……延树……"自己的眼泪也泛滥成灾，断了线一般地往下流。

等到顾延树终于肯抬头，惜光看到他的眼泪被蒸发了，只有布满血丝的眼眶还有迹可循。

他抱住惜光的动作始终没有松懈，牢牢环住她，漆黑的瞳孔没有半点光亮，像蒙着一层朦胧的薄雾，声音像落雪簌簌而下时的轻柔和喑哑，他说："鹿惜光，我们来接吻吧？"

惜光只觉得全身的血都在往脸上涌，脸颊滚烫，冰凉的吻已经落到了唇上。

仿佛带着一丝决绝的意味，顾延树的动作如同掠夺，唇瓣纠缠，反复厮磨，带走惜光呼吸的氧气，好像快要窒息，四周满满都是他身上清冽干净的味道。

惜光学着慢慢调整呼吸，一点一点回应他，安慰一般，轻轻地舔舐，没有半点技巧可言。

顾延树却因为她的动作，有一瞬间的僵硬。

"惜光很好，没有人比她更好了。

"而我却是个怪物。

林深时见鹿❷

"害死自己父亲的怪物……

"我其实很害怕，如果有一天，她发现了顾延树这个人所有的不堪和丑陋的一面，我该怎么办？她会不会觉得，认识顾延树，真是一件恶心的事情……到了那个时候，我该怎么办？"

这些念头源源不断地从脑海中冒出来，顾延树的吻中，渐渐带上了绝望。

他爱慢地放开惜光，眼中星辰陨落，空无一物，却像在下一秒就会滴出血来。

第六章

有时候，失去一个人

只要一秒钟

那晚之后的很长一段时间里，惜光没有再看见过顾延树。确切地来讲，应该是十五天零九个半小时。

不知道是谁说的，喜欢一个人，就像是突然有了软肋，也突然有了盔甲。

温遇云也曾像个诗人一样对她说过，惜光，你知道吗，延树把自己的软肋和盔甲都给了你。

惜光那时候困得厉害，迷迷糊糊地摇头。

现在她知道了。顾延树那样强大看似无坚不摧的人，其实也只是一个拥有血肉之躯的凡尘少年，他会突然伏在她的肩窝里流眼泪，悲伤无处宣泄。

她知道，他一定是遇上了很艰难的事情难以言说，几乎快要挺不过去。

她无从得知前因后果，但他觉得冷的时候，她可以给他怀抱。他需要肩膀，她可以借给他。他不出现的时候，她可以耐心等他。

再等很多个十五天零九个半小时也没关系，惜光想，她不长不短的一辈子，都可以给他，一直等着他。要是郁随在身边，或许会笑话她爱得卑微，这样低到尘埃里，匍匐在地，但真正喜欢上一个人，就是这样不讲道理。

年少时喜欢一个人是不顾一切的，撞了南墙仍不想回头，我有我的至死方休。

只是在这第一个十五天零九个半小时里，在南遥那边，却发生了一件大事。

唐素打电话来说："惜光，你快去请假回来一趟，北溪没了，南舟现在……现在也快活不下去了。你跟南舟玩得好，回来劝劝他……"

唐素说话少有这么踌躇的时候，连她都是这副口气了，惜光觉得"南舟快活不下去了"这种说法恐怕一点也不夸张。


惜光马不停蹄地赶到南遥，骆南舟抱着骆北溪的骨灰坛子缩在床上，还剩一口气。

窄窄的单人床，他躺在上面，却还留有大片的余地，瘦得没了人形，像一根枯死的竹竿。薄薄的被子中露出点鸦羽般的黑发，惜光把被子扯开，他就往下躲一躲，死死抱住胸前冰冷的瓷坛。

当年惜光刚被陆婉凉送到南遥来，就听说了这个小地方有个很出名的杂技团，杂技团里有对很出名的兄弟。

哥哥叫骆南舟，弟弟叫骆北溪。北溪南舟，很容易让人记住的名字。

惜光刚认识他们那会儿，就知道骆北溪是个药罐子。一年三百六十五天，每天三餐一服中药，这些年靠药维持生命。

惜光没有看见过他们的父母，她只看见过南舟哄北溪喝药的样子。眉眼清秀的孩子，一手小心翼翼地端着粗瓷碗，一手拿着块桂花糕，耐心地哄着面前比他稍微矮一丁点的家伙，花好长时间，药碗才见底。

而现在，狭小的屋子里甚至还飘荡着浓郁的中药味道，但是那个人已经永远离开了，化成了坛子里的一捧灰。

骆北溪最后被埋在了寺院后山上的一棵千年青檀树下，是寺里的长寂大师主持的仪式。那里朝有晨钟，暮有鼓，漫山遍野碧草幽幽，四季风景如画，又山水环抱，该是个很好的去处。

惜光一直陪着骆南舟，静静地坐在他身旁，却已经找不到任何安慰的说辞。

那天是个好天气，太阳的半张脸藏在云层里，光芒和煦，并不灼人。

骆南舟说太闷了，想出去走走。他长着一张无害的脸，可怜巴巴的神情，又乖巧的模样，任谁也不忍心拒绝。

于是惜光就陪着他出去散散步，很慢很慢地走着。

骆南舟说："惜光，我带你抄一条很神奇的近路，别人估计都不知道，是北北以前发现的。"他领着惜光走的是一条灌木葳蕤的小道，面前偶尔还有拦路的枝丫，得小心拨开。

等出了路口，惜光发现竟到了火车站附近。

明明相隔很远的地方，居然是相连的。

"北北花了好长时间才找到了这条通往火车站的小路。每次看我训练特别累，他就说，哥哥，我们一起离开南遥好不好。"

惜光哑然，沉默地听骆南舟说着这些。

陈旧得如同被遗忘的火车站里，人流稀少，月台上送别的更是寥寥无几。有几个提着箱子扛着大袋子的中年男人，站在一处抽烟等车，碎碎低语，也不知是刚相识的陌生人，还是一群彼此熟悉的老伙计。

铁轨漫漫向前延伸，通向远方广阔的天地，两旁的野花开到炫目。白色、黄色和紫色的居多，纷纷杂杂的，一簇挨着一簇疯长，装点着冰冷的轨道。

惜光买了一瓶水出来，看到骆南舟已经沿着铁轨走出了一段长长的距离。

他身后是一片湛蓝的天空，坦荡如砥，无边无垠，望不到尽头。灰白色的鸟群扑扇着翅膀飞过，抖落的羽毛在风中飘荡。茂盛的古树仿佛亘古伫立，在沉默地看着这个伶仃无依的少年。

惜光的心被揪紧了，大声喊："南舟，回来，我们该回去了！"

骆南舟苍白如雪的脸上，缓缓对惜光露出一个春风般醉人的微笑，却带着赴死般的决绝和解脱前的释然。

惜光突然之间被一股巨大的恐惧和无力感淹没，水瓶从手中猛地滑落。

火车轰隆而来，惜光朝骆南舟跑去，但是已经来不及了。

"南舟，快让开——"嘈杂的鸣笛霎时吞噬掉她的声音。

惜光几乎绝望地闭上眼睛。她定格了似的，再也跑不动了，抱着自己蹲下来失声痛哭，悲从中来："南舟，南舟——"

她以前读海子的诗，"从明天起，做一个幸福的人。喂马、劈柴，周游世界。从明天起，关心粮食和蔬菜。我有一所房子，面朝大海，春暖花开……愿你有一个灿烂的前程，愿你有情人终成眷属，愿你在尘世获得幸福，我只愿面朝大海，春暖花开。"

可海子却选择了山海关，静静卧在铁轨上，在身上打开《圣经》，等火车呼啸而来。

惜光觉得自己浅薄，体会不到诗人的那种大痛大悲。但人的痛苦其实雷同，无一不是神形俱灭，以死亡二字来句读。

火车车厢驶过，短短几十秒的时间。

惜光哭得昏天暗地，不敢抬头，头顶却飘来骆南舟沙哑却带着零星笑意的声音："惜光，我们回去吧。"

惜光不敢置信地睁开眼睛，看着好好站在自己面前的人，狠狠抱住他。手臂触碰到少年微凉的身躯，才感觉到一丝真实，她哭得更加大声，哽咽到连话也说不出了。

骆南舟的眼泪滴在她的发顶："没事了，没事了，惜光，我好好的，不要担心……"

惜光摇头，语元伦次："可是……你差点……南舟，要是你今天……"

"我吓唬你的。"骆南舟说。

不是的。惜光知道他在撒谎，火车驶来的那一刻，他眼睛里灰烬般的决绝，她看得清清楚楚。

差一点，这个人就会从世界上消失，不复存在，再也不会这样对她笑。

有时候，失去一个人只要一秒钟，这让你猝不及防，没有丝毫招架的余地。


"别哭了，"骆南舟拍着惜光的背，轻声地哄她，"我以前怎么没发现，你这么能哭呢？别把鼻涕擦在我衣服上……"

"骆南舟，要不是你现在是个病患，我真的会揍扁你的！"缓了许久，惜光狼狈地擦了把鼻涕眼泪，凶巴巴地朝他大吼。

骆南舟满脸无奈，顺着她的话说下去："好啊，那我要赶紧好起来，等着你来揍。"

惜光说："受虐狂！"

"别哭了，现在你说什么都对，我不敢反驳。"骆南舟说。

惜光心有余悸，恶狠狠地警告他："以后别这样吓人了。"

骆南舟看着她的眼睛，过了几秒才说："好。"

"你以后也要记得，你现在答应过我的。"惜光仍不放心。

骆南舟说："我会记得，我不骗你。"


惜光回学校的前一天晚上，跟唐素一起睡，躺在那张木床上说起那天白天发生的这件事，她仍然后怕。

唐素戴着老花眼镜在看那本厚得跟字典一样的《蜀山奇侠传》，模样比居里夫人还睿智，她说："丫头，你在南遥生活了几年，只有南舟这么一个朋友。他也一样，除了你和他弟弟，从来不跟别的孩子打交道。我就先不分析你们两个性格方面存在的问题了……

"只是说起来，你们周围那么多的同龄人，就一个对胃口的，这缘分其实难得，都应该会很珍惜。就像你能够请假那么多次，从学校赶着回来看他，对他好一样，他肯定也想对你好……"

唐素对惜光说："他恐怕是不忍心死在你面前。你还有长长的一辈子要过，他要是那样做了，你一辈子记挂着这件事，一辈子不得安宁。"

唐素翻了翻手上的书，说："南舟是个很不错的孩子。在那种情况下，他还能为你考虑，真的不错。"

惜光把耳朵贴在枕头上，好像听见沙沙的雨声连绵不绝，又仿佛是从自己身体中传来的血液流动的声音。她摸着老太太软塌塌的耳垂，哑声问："他那么好，为什么还要承受这些呢？"


那天晚上，惜光失眠了。

林深时　见鹿❷

她听见窗外响起风吹树叶的动静，桌上闹钟的秒针嘀嗒嘀嗒地转圈。她睁着眼睛，在黑暗中祈祷，南舟南舟，一切都会好起来的。

似乎念着念着，祈祷的事情就会成真。

那晚的时间特别漫长，窗外一直没有光，天一直没有亮。惜光伸手从床头柜上摸到手机，按键的时候，屏幕发出的冷光突兀地刺痛了她的眼睛。

她给骆南舟发短信，装作轻松愉快的语气。

"南舟，我明天要回学校了。班上排练的一个话剧不久就要演出了，是曹禺的《雷雨》，演出来效果应该还不错。我被安排了去打杂和捧场，真想带你一起过去看看，说不定你会喜欢呢。"

发送的时间是凌晨四点过五分。

手机里迟迟没有收到回复的短信，惜光想，都这个点了，南舟应该睡了。

她侧过身，遮住屏幕的光，怕把旁边的老太太给吵醒了。她无聊地把手机上的每个应用都点开一遍，再关上，重复了两三遍之后，手腕已经酸了，眼睛也累。

夜晚很漫长，很漫长。


骆南舟盯着短信一个字一个字地看了十来遍，他打出了一行字："要不我跟你回学校算了？包吃包住吗？我可以免费帮你打杂哦。"同样强装出来的轻松的语气，后面还附带一个龇牙的表情。

但是翻来覆去读了两遍，不怎么满意，他删掉了重写："惜光，等你下次回南遥了，我们再一起去庙里看戏好不好？"

结果还是一字一句地删除，他写下："不用担心我，自己回学校的路上小心，注意安全。"

　　鼻尖离手机太近，屏幕上已经有了隐约的雾气，骆南舟用手指擦过去，留下一道道水痕。他想了想，终于还是把手机塞到了枕头下，脸庞不觉中一片潮湿，假装出来的笑容，消失殆尽。

　　他的眼睛在黑暗中失去焦点，盛满了无数看不见的悲伤，像这个梅雨季节里屋檐瓦片上滴落的水，越积越多，到最后满溢了出来。

第七章

喜欢一个这样浑蛋的温遇云，

你也会很辛苦吧？

同一片夜空下。A 城。

顾延树开车从公司回公寓，凌晨的街道难得褪去了白天的喧嚣，看不见一个人影，只有两旁笔直伫立的路灯。视线里突然出现一只白色的流浪猫，从前方的浅草坪里窜过去，喵喵叫了两声，不知道是不是他的幻觉。

车子慢慢减速，停在十字路口上。

顾延树的脑袋慢慢往后仰，重心全部倚在靠背上。

点燃的烟吸到肺腑里，能把人的眼睛熏红。而且只要想到鹿惜光那张脸，眼眶就会忍不住酸涩。

他最近总是梦到她泪流满面的样子，她哭着一遍一遍喊他的名字。他醒来后才发现，从小到大，自己总是让她哭，让她担惊受怕，让她委屈。他当年因为一己之私，答应陆婉凉的建议，把她带到顾家，却没有好好保护她。

但如果再选一次，他依旧不会放开鹿惜光的手。

顾延树遇到鹿惜光，不知道是命运施予他的慈悲，还是给予她的劫难。


"延树，睡了吗？"温遇云很不合时宜地打来了电话。

顾延树说："没有。"

"哈，我就知道，你这个夜猫子！"温遇云说，"经常熬夜容易猝死的！哥们，请珍爱生命！"

"咱们彼此彼此。"

"你现在在哪儿呢？不会是和我家惜光在一块儿吧？"

顾延树没说话。

温遇云握着手机等了等，见那头根本没有反应，嘴一歪，识趣地绕过这个话题说："我今天回来了，现在已经在机场了。还是老规矩，等过几天挑个时间咱们一起聚一聚吧，阿生那里我会跟他说。"

顾延树说："好。"

温遇云说："那就这么定了！"

顾延树说："阿生在你旁边？"

温遇云说："聪明！又猜中了！他帮我去买水了。"

顾延树说："用不着猜。"

只要宋渝生在 A 城，只要温遇云回来，无论是深夜还是凌晨，无论刮风还是下雨，宋渝生都会去接机。这几年，这已经成了他们之间心照不宣的事情。

"是吗？"温遇云没心没肺地笑了，"刚刚阿生还朝我发火了，你也知道，他生起气来那才叫恐怖，差点把旁边一个小朋友给吓哭了哈哈哈……"

顾延树问："你又做什么了？"

温遇云说："我这次去山崖上拍一种罕见的毒蘑菇，当地温差大，我穿得太少了，蹲的时间又长，膝盖被冻伤，下山的时候不小心把脚崴了。其实都快好了，结果当地老伯伯太热情，帮我包扎得严严实实，跟粽子一样，看上去像腿断了。阿生也没听我解释就发火，大概以为我腿断了。"

顾延树说："他没有把你另外一条腿打断？"

"……"温遇云头上刮过一阵冷风，丧气地说，"喂，兄弟，还能不能愉快地交流人生了？你的同情心呢？"

顾延树说："没其他事就挂了。"

温遇云说："行，你挂吧，阿生买水回来了。"


宋渝生走过来，温遇云坐在长椅上笑呵呵地把电话挂断了，往旁边挪出一个位置，没绑绷带的那只脚有一下没一下地晃着，吊儿郎当的样子，又带着点讨好地笑看向宋渝生，让他别再生气。

"水，给你。"

宋渝生每次都是把瓶盖拧开了，再把水瓶递过去给温遇云。后者总是不知好歹地嚷嚷："小爷有那么弱不禁风吗，区区一个瓶盖还搞不定吗？爷能单手劈砖，一次性折断一把筷子……"

"温遇云，"宋渝生正儿八经地叫了一声她的名字，危险地眯起了一双桃花眼，目光从她的瘸腿上扫过，"你现在这样是打不过我的，还敢这么嚣张，另外一条腿还想不想要了？"

"……"温遇云无语，竟然真和延树说得一模一样。

温遇云不敢放肆了，宋渝生平日里是让着她没错，但他这种如玉般温良的人发起疯来，指不定真能一棍子横扫过来。

温遇云叫他："阿生……"

宋渝生应了一声："嗯？"

温遇云问："你生起气来，发起疯来，大概是什么样子的？"

宋渝生思考了一会儿，然后一本正经地说："大概是……连我自己都咬吧。"

"哈哈哈哈哈哈哈哈……"温遇云笑疯了，一激动，受伤的脚往地上一放，顿时疼得抽气。

宋渝生嗤笑："怎么，脸都吓白了？你不是挺能的吗？"

温遇云抱着脚跳，连声说："不敢不敢。"

说起来，温遇云其实见过宋渝生生起气来、发起疯来是什么样子。

温遇云幼时不在大院里生活，那时候还不认识顾延树、宋渝生、谢非年这一伙人，只是偶尔间听长辈提起过几个特别的，其中似乎有一个孩子一对桃花眼生得漂亮，和顾家的孙子常玩在一起，性格是最好的。

后来遇见，发现确实如此，但和想象中的又有些偏差。

因为她也见过宋渝生把一个人的下巴直接卸下来的情形，他微微笑着，仿佛只是把一块橡皮掰成了两半。

那一年温遇云刚从国外回来，随爷爷去顾家拜访时，只觉得顾家的气氛有些压抑和不寻常。她约莫知道，大概是因为顾爷爷的孙子又生病了，所以连管家也显得忧心忡忡，满脸愁云惨淡。

但她实在坐不住了，沙发上就像是长了钉子，尽管知道这样不太礼貌，但忍不住老是动来动去。

还是顾爷爷体谅她，和蔼地说："小云呀，你出去玩吧，今天渝生也在我们家，好像在后边的园子里学种花，你也去看看学学。"

温遇云自然是满心欢喜地答应。

顾家二楼有直通向后面的楼梯，比从前面绕来绕去反倒快一些，管家告诉温遇云，上了楼梯左拐，走廊上有扇门连着园子，直接从那里下去就行了。

但那个时候，温遇云还经常左右不分。

她没有左拐，朝右边一路走到底。走廊尽头没有管家所说的那样一扇门，但旁边却有。她打开门，看到的不是楼梯和葱葱郁郁的草木繁花，而是一面素白的墙和一张宽敞的大床，床的一侧坐着一个安静的少年。

分辨不出具体的身高，只让人觉得瘦得厉害。他有一只手搭在被子上，白得透明一样的颜色，清浅的阳光照在上面，有种不真实的感觉。

他侧着脸，望着窗户外面。

但窗户外面除了天空，什么也没有，连云也被风吹散看不见了。

他仿佛是在等什么人，已经等了很久了，那人却仍旧没有回来。

温遇云想，这真是个奇怪的人。

可更奇怪的却是她自己。

她心里涌上来一种完全陌生的滋味，像种子一样在身体里发芽，渐渐生长，无法抑制。那个沉默的少年，他明明什么也没有做，没有任何表情，没有发出任何的声音，但是她还是被深深吸引了。

这简直是一个无法解释的现象。就像数学试卷上，最后一道她怎么也算不出答案的附加题。

温遇云就像突然中了魔法，被定住了。

"你是不是顾爷爷的……"她试图和他说话，顾家的管家刚巧赶了过来，把她请出了房间，然后小心翼翼地把门给带上了。

看管家紧张的神色，她已经猜到，少年多半就是顾爷爷那个得了重病的孙子——顾延树。

温遇云本是要去找宋渝生，却阴错阳差地闯入了顾延树的房间。

从一开始，就像是冥冥之中某种隐晦的暗示。


管家这下不敢再松懈，怕她再走错路，直接领着她去了园子。

温遇云是要去找顾爷爷所说的那个叫渝生的男孩儿的，沿着一排叫不出名字的矮树走了几步，就听到那头传来一阵喧闹。

有人说："顾延树那个病秧子怎么又没出来？他家那个叫鹿惜光的童养媳也好久没有看见了，是不是被人拐走了？"

"顾家的孬种！"

"就是就是！有本事出来跟哥几个干一架！"

"哈哈哈哈……"

说话的人还没笑完，就被对面的一个穿灰色衣服的男生突然捏住了下巴。他就像扯开钢笔盖一样，轻轻往下一拉，然后对方就发出了惊天动地的号叫。

温遇云透过树叶的缝隙看到这一幕，差点为这个变态的技能鼓个掌，心想，真酷啊。

灰衣服男生说："刚刚说的话，你还要不要再说一遍？"他很生气，嗓音里却带着笑，嘴角也是上扬的，扬起好看的弧度。

对方疼得眼泪和口水一起往下流，拼命地摇头，只差跪地求饶。

灰衣服男生说："这话被我听见了，只是卸你下巴，要是不小心被顾爷爷听见别人这么说他孙子，他估计得拿刀割了你的喉咙。"

骨节分明的手卡在对方的下巴上，还特意停留了一会儿，跟调戏人一样，然后捏着往上一提，又给重新接了回去。

灰衣服男生的声音里带着笑意："我就不收你的接骨费了。"

对方愤愤地看了他两眼，终究还是落荒而逃。

灰衣服男生拍了拍手，捡起地上的一包花种子，自言自语地说："没撑过三秒就求饶，真没意思啊。"

温遇云从没见过这样的人。

搜肠刮肚，竟然找不到一个准确的词语来形容他，她只是不停地感叹，这哥们的战斗力真强啊。

这时宋渝生放下花种子，准备按原路返回，想回屋里看看顾延树怎么样了，转身就看到了一脸呆愣的温遇云。

那时的温遇云才刚回国，郁随母女还没有来温家，变故还没有发生，她还是一头乌黑的头发，眼神清澈又明亮，带着不加掩饰的张扬，整个人都是一抹耀目的色彩。

她对他笑着打招呼。大概是亲眼看见了卸下巴事件之后，想要结交一下面前这位英雄，她主动打招呼说："嘿，我叫温遇云，你叫什么名字？"

那天下午的阳光洒在脸上，让人微醺，几乎要犯困。

宋渝生站在一丛婆娑的树影下，桃花眼里映满了轻轻摇曳的树叶和一张生动的脸，他插在裤兜里的一只手悄悄握成拳，又松开，紧张的情绪被隐藏得滴水不漏。他微笑着，一板一眼地回答温遇云："你好，我叫宋渝生。"

而温遇云万万想不到，在此之前，她面前的这个人已经认识她，并且对她相当熟悉了。

他曾透过一沓沓资料翻阅过她的人生。他知道她在国外住在哪座城市哪一条街；他知道她最喜欢去的那一家中国餐馆的名字；他知道她每个周末花两个下午去学习跆拳道；他知道她吃早餐时只要蛋白，会偷偷把蛋黄都扔到垃圾桶里；他知道她最讨厌的科目是生物，因为她曾经在实验室里亲眼看见了一位华侨老师解剖一只青蛙和小白鼠，把隔夜饭都呕出来了……

他知道，关于她的很多很多事情。

而温遇云或许永远也不会发现，在很早很早以前，尽管隔着一个大洋彼岸的距离，有一个叫宋渝生的男孩儿早已经知道了关于她的点点滴滴，巨细靡遗。

即便是凌晨，机场也不乏来来往往的人。

宋渝生等温遇云喝完水，问她："你回哪里？温家吗？"

温遇云摇头说："不了，现在回去太晚了，会把爷爷吵醒的。"

"那去我那里？离机场也算比较近。"宋渝生提议道。

温遇云说："嗯嗯，就这样吧。"

宋渝生在她面前蹲下来，说："快点上来，早点回去睡一觉，你需要好好休息了，现在都能当国宝了。"

温遇云大受打击，一边问他："我黑眼圈有那么严重？怎么就成国宝了？"一边单脚支撑着站起来，笑着趴到他的背上。

"哎呀，阿生你最近是不是特别操劳？好像又瘦了哎，背上的骨头都有点硌人了。"温遇云说。

"被你气得都吃不下饭了，就瘦了。"宋渝生开玩笑一般地说。

温遇云原本还想回两句，话到了嘴边，却咽了下去。她两只手环着宋渝生的脖子，露出的手臂上文着青色的五芒星的图案，是在海外路过一家文身店，一时兴起弄的，没有特别的意思。她做事情越来越显得意兴阑珊，兴致来了，就去尝试。

兴趣没了，就离开，就回来。

回来的时候，宋渝生总还在。他的喜欢，她再大大咧咧缺根筋，也不会不知道，却没有办法给出半点回应。

"是不是困了？"宋渝生见她不说话，开口问。

"……是饿了。"温遇云随便编了个理由，"没力气了。"

"那回去给你煮碗馄饨吧，别的就没有了。"

"馄饨也行啊……"

"你倒是不挑食。"

"我向来好养活……"

那一碗馄饨真的清淡到了一种境界，连葱花也没有。大概就是往煮开的水里撒了一把盐，放了一勺油，个头小小的馄饨浮在上面。

温遇云这才发现，原来宋渝生还没消气，八成是故意的。

"怎么不吃？"宋渝生笑眯眯地问她。

温遇云打了一个哆嗦，把自己受伤的脚搬到桌沿上放着，光明正大地装可怜说："阿生，我现在需要大补特补，大补特补知道吗，就是要吃很多很多肉，这样才好得快……一直瘸着很影响我形象的……"

宋渝生说："那不是你活该吗？"

温遇云大声号啕："宋渝生，你好狠的心哪……"

这一次，她的办法用尽了，他也不为所动。她最后只好不满地抓着勺子，舀着馄饨一个一个吃下去，还喝了半碗盐开水，故意特别响亮地打嗝，根本不像一个女生。


宋渝生住的地方非常宽敞，卧室比客厅还大，但却只有一间。他自觉地让出来给温遇云，自己躺在沙发上看碟，开始酝酿睡意，明天还要去医院坐班。

电视的音量调得很低，几乎听不见里面人物晦涩的法语对白，只有低沉安静的音乐声绵绵不断地传出来，如涓涓细流从耳畔淌过。地毯上竖着一盏米色的落地灯，很暗的光，投下大片大片的阴影。

宋渝生闭着眼睛，慢慢入睡。

温遇云需要倒时差，加上吃了东西，肚子里鼓鼓胀胀的，人却像打了鸡血一样。她赤脚坐在地板上打了两局游戏，嘴里就干巴巴的了。可见宋渝生在那碗馄饨里没少放盐，简直是想毒死她。

温遇云拄着拐杖去外面喝水，才走到卧室门口，已经发出不小的动静。她站在门框下，看到宋渝生枕着自己的手臂，陷在软绵的沙发里，却没有被她吵醒，只有睫毛颤了颤，脑袋蹭了下抱枕。

他应该是很累了。温遇云想。

她走到他面前，他大概是第一次这样无知无觉沉浸在梦境里。

"阿生……"

喜欢一个这样浑蛋的温遇云，你也会很辛苦吧？

"对不起……

"对不起……"

外面是温柔又沉寂的夜色，包容了一整个世界。她的声音那样小，像夜色里的飞蛾在扑扇着翅膀。

这是你们 Boss 的老相好，

给照顾好了啊

梅雨季节悄然来临，一整天都是连绵的雨。墙壁和地板回潮，伸手一摸，总能感觉到一层轻薄的水汽，怎么擦也擦不干。

惜光替郑鸣鸣撑着伞，跟他去学校各个显眼的地方张贴话剧演出的宣传海报。不算太累的活，但她这些天因为骆南舟的事，在A城和南遥两地奔波，没有休息好，脸上那一点血色又跑了。

郑鸣鸣说："我每次叫你出来做事，都感觉良心不安，好像压榨了你一样，真是不忍心。"

惜光把海报的一角往上扶正，说："完全没看出来你的不忍心，该使唤的时候就使唤，而且使唤得很勤快，我老怀疑自己欠了你的钱没有还。"

郑鸣鸣被她苦大仇深的样子逗笑了，说："我这不是想让你更多地融入这个班集体吗？你平日不住宿舍，和班上的同学交往又少，上完课都没人影了。每次有活动，我都想让你参加，有任务就分配给你，是为了拉近你与大家之间的距离啊，你也不想被孤立吧？"

惜光说："那你还是孤立我算了。"


贴了两三个小时的海报，惜光本以为就这样顺利地完工了，但又出了问题。

负责外联的几个同学突然说经费不够用了，拉来的两个赞助商中途跑了一个，拿不出钱来。

他们这次玩得有点大，为了达到最好的效果，在服装、道具和舞台各方面的支出都很多。尤其在后期宣传上，还预备印刷一批全彩的册子，用来记录全班同学为这次话剧演出所付出的努力。

郑鸣鸣班长是总负责人，站在讲台上一筹莫展。

所有人也跟着一筹莫展。

渐渐开始有声音埋怨起了拉赞助的几个同学："到底是怎么做事的？后天就演出了，这个时候出问题，还能不能成了？"

"难道就因为经费问题放弃吗？我们的努力都白费了？"

"海报都贴出去了，要是现在取消，丢不丢人！"

郑鸣鸣拿黑板刷往黑板上狠狠一拍，白色的粉笔灰飘出来差点呛着他自己："咳咳咳，安静！

"我觉得现在只有一个办法，就是班上同学全体出动，尽快找到新的赞助商。用尽一切办法，说服对方心甘情愿地给我们钱！"

惜光坐在中间靠过道的位置，尽管这是个很严肃的场合，郑鸣鸣在说一件很严肃的事情，但听他的语气，她还是忍俊不禁。

突然有人建议说："要不我们去找顾学长吧？顾氏那么大一个公司，要是肯赞助我们，就不单单是解决经费的问题了，无形中还帮我们做了宣传，肯定会在校内校外引起前所未有的轰动……"

"但是要拉到顾氏的资助，恐怕没那么容易。而且众所周知的是，顾学长高冷得好像九天之外的一朵浮云，根本不会搭理咱们这些凡人吧？"

"到时候说不定会被他直接无视掉，我们连顾氏的大门都进不去，画面太残忍，我不敢继续想下去了……"

"光想有个屁用！现在最关键的是学长已经毕业了，我们找不到他，连个联系方式也没有呀！"

"不过我们班上有个同学……应该……能……联系上学长吧？"

这句话说出之后，所有人的目光齐刷刷地望向了惜光。

她是被顾延树公开高调告白过的女生，全校师生皆知。如果现在非要找出一个人，能平白和顾延树搭上关系，也只可能是她了。

惜光无聊地在折千纸鹤，手上的动作尴尬地顿住，面上的笑容逐渐僵硬起来。

郑鸣鸣对她说："众望所归哦，惜光同学。"

僵持很久，惜光只好答应跟着郑鸣鸣和其他两个班干部一起去顾氏碰碰运气。

银灰色的建筑高耸入云，无数块切割整齐的玻璃在阳光下熠熠生辉，耀目而不能直视，散发着冷酷森严的华丽美感。人站在高大的楼宇下，渺小得像蝼蚁，常常容易产生畏惧和怯弱之心。

一行四个人紧张地走进了自动门，前台礼貌地询问他们有什么事。

郑鸣鸣解释了一大通，说要见顾学长之类的，毫无意外地被人家微笑拒绝了。这时候，惜光被推了出来："她、她叫鹿惜光，是顾学长喜欢的人，以及告白对象！麻烦帮我们通报一声，他一定会见她的！"

惜光窘得走路都同手同脚，不稳地站到了前台小姐面前。

前台小姐充满质疑的目光从头到脚打量了惜光一遍，摆明了是不相信郑鸣鸣这套说辞，仍然委婉地表示了不能放他们进去。

其中一个班干部扯惜光的袖子说："你要是有学长的电话就快联系他，赶紧亮出来啊，关键时候别藏着掖着了……"

惜光被几人围在中间，大门那边有人进来，一眼便认出她来："鹿惜光？"

　　谢非年穿着一身休闲装，头发不羁地梳在脑后，看见惜光的时候眉头往上一挑，嘴边的笑又不怀好意地冒出来，对惜光说："咱们俩还真巧，我才回A城，就又看见你了，缘分啊缘分……"

　　惜光用后脑勺对着他，不想理他。

　　谢非年勾着惜光的肩膀，把人拖到身边，捏她的脸："怎么臭脾气又见长了啊？来，给爷笑一个看看。你每次一看见我，就一脸便秘相。"

　　"谢非年！"惜光咬牙切齿，一把打开他的手，想要挣脱。

　　"别生气，别生气，一点都不禁逗哎……"谢非年把她往电梯里带，"你来找延树吧？我领你上去。"

　　前台明显是认识谢非年的，也不敢拦他，只好由着他和惜光在内的四个人进到电梯里。

　　郑鸣鸣和两个班干部紧挨着电梯墙站着，不发出丁点声音。谢非年大大咧咧地扯着惜光站在中间说话，简直一刻也停不下来，可劲儿折腾，想闹出点事来。

　　谢非年说："我听说上次有人把咱们俩的照片贴在学校的宣传栏里了，有没有这回事？当时我出差走了，不在学校，今天才回来的，也没能帮你解释解释，没有给你造成什么不好的影响吧？"

　　他这话说得欲盖弥彰，反倒有了暧昧的意味，后面三个人听了不知道会有何感想。惜光深深地吸了一口气，告诉自己千万不能着了他的道，现在说什么都解释不清，只好岔开话题问他："你怎么会来这里？"

她知道，谢非年和顾延树平日的来往并不多。

谢非年说："爷爷让我跟延树谈点事情，就过来了，不然也遇不到你不是？"

惜光竭力想离他远一点，冷漠地说："我其实跟你不熟。"

谢非年嘴一歪，笑了："鹿惜光，你能不能别对我这么绝情？"

惜光简直想撞墙，这家伙又来了……

只是简短的几句对话的时间，电梯已经到了。

谢非年拉着惜光的胳膊，大步流星地往前走，问迎面走来的一个秘书："延树呢？"

秘书说："还在会议室开会。"

谢非年点头，打算直接过去，把惜光随手推给秘书："这是你们 Boss 的老相好，给照顾好了啊，要是怠慢了，就别在这里混了！"

惜光："……"

秘书目光复杂地看着惜光。

候客室里有一棵云松的盆栽，颜色绿得很好看，惜光就盯着看了十分钟。十分钟之后，秘书告诉他们，那边已经散会了，直接把他们带到了顾延树的办公室。

大概是顾延树的气场太强大，他说了一声随便坐。郑鸣鸣和两个班干部齐刷刷地在沙发上坐下来，姿势无比端正。

惜光比他们的节奏慢了一拍。

郑鸣鸣也知道顾延树估计不喜欢听废话，套了两句近乎后，开始说正事："顾学长，我们是 E 大新闻系的学生，这次来是想……"

郑鸣鸣和两个班干部轮流发言，说得十分诚恳。顾延树手上漫不经心地翻着文件，也不知有没有在听，却不急着表态。

等几个人都说完了，办公室里就变得静悄悄的，没了声音。

顾延树抬头，视线落在最左边的惜光身上。她从头到尾一言不发，根本没有开过口，顾延树问她："你是来干什么的？"

郑鸣鸣抢先说："她……"然后说不出来了。

惜光说："我……"她只是个陪衬的角色，没有参与这次的话剧演出，也不了解其中具体的流程，根本没打算插嘴。忽然听到顾延树问话，表情愣愣的她一时答不上来。

惜光想，我总不能说，他们都说我是你相好，所以被强行拉过来刷脸的吧。

又是一阵诡异的安静。


钢笔的笔尖划过纸页，一阵流畅的沙沙声寂静地响起，顾延树问完惜光也没硬要等她回答，自行地签起了文件。

气氛尴尬，偏生他无知无觉，自在地做手头上的事，不管别人死活。

惜光觉得拉顾氏赞助这件事多半要黄了，却听见他清清淡淡的声音："你们的事我可以帮忙。"

他一句话便表明了态度，几个人才终于松了一口气。

具体的赞助细节，顾延树自然是不会管的，但他既然开口了，后面的经费问题就不用担心了。

郑鸣鸣几人和顾延树客气地道谢和告别，惜光又是落在最后那个。

惜光学着前面几个人的样子，开口就是："顾学长谢谢你……"

顾延树一听她开头的这个称呼，不由得抬了头，好整以暇地看着她。那神色似笑非笑，有几分让人捉摸不透的深长意味。过了几秒，

林深时见鹿 ❷

终究化作冷漠的逐客令，他只说了声："出去替我把门带上。"

惜光一愣，讷讷道："……好、好的。"

她来不及收回的目光停在顾延树拿文件的手上。他的手指白皙修长，连指甲也被修剪得干净平整，捏着菲薄的纸页，白色映衬着白色，更让人觉得冷清又好看，像是梅花上面覆了雪。

他从学校过渡到社会，商场杀伐，气势凌厉。还是出色的少年模样，只是越发锋利沉默，平静如水的眼中藏着无数的惊涛骇浪，只有他自己才懂。

惜光不知道为什么，忽然有点难过，掩上的门已经将视线阻隔。

你到底是怎么当人男朋友的？

都找不到自己女朋友了

谢非年早就在会议室里跟顾延树谈完了事，现在靠在墙壁上，专程在等惜光出来，要问她一件事，可能刚刚在电梯里忘记了，现在才记起来，情绪有些懊恼。

郑鸣鸣他们也认识他，跟他打招呼，他爱理不理的，一副拽上天的放浪不羁的模样，一双眼睛直勾勾地盯着惜光。

惜光头皮发麻，认命地走过去主动问他："你还有事要说？"

谢非年往后顺了一把头发，似乎不知道怎么开口，这在惜光看来是十分罕见的现象。谢非年嘴巴一撇，问道："郁随最近有没有跟你联系？"

惜光摇头说："她已经很久没有找过我了，平常我也联系不上她，打她手机老是打不通。可能他们艺人比较注意保护隐私。"

倒是在网上偶尔能看到一些她的动态，她出席了哪些活动，在哪部戏里面又演了一个怎样的角色。其中有夸她的声音，自然也免不了有对她进行人身攻击的。

惜光所看到的她的那些照片，妆容靓丽夺目，笑靥如花，每摆一个姿势，露出的每一个侧脸，都是精心准备好公布于众的。

惜光这才猛然意识到，阿随已经不单单是曾经陪她一起住在百川里的那个女孩儿了。也不会常常忘记带钥匙，无论天气如何，爱在小店里买一根冰棍咬着，穿着白色的棉布裙子乖乖坐在楼梯口等她回来开门。

她和郁随从认识到后来的相处，时间算不上长，如今回忆起来，却仿佛在回忆一个多年未见的老友，音容笑貌，历历在目。连夏天一起大扫除后两个人躺在老式的竹床上睡午觉，郁随贪凉，老往她旁边蹭的小细节也清晰地浮现在脑海。

谢非年的话引起了惜光的警觉，他说："我和郁随也很多天没见了，在国外的时候视频过几次，觉得她不太对劲。"

惜光问："怎么不对劲？"

"我说不出来……她要是找你，你自己多注意点。"谢非年的话模棱两可，隐瞒了很多东西，不想让惜光知晓。因为他猜测郁随可能碰了不该碰的东西，上了瘾。

惜光想着郁随的事，莫名不安起来。

"好了，我就是随便问问，你用得着愁成这样吗？"谢非年没保持三分钟正经，郁随的事三言两语带过，他又笑得一脸纨绔，似乎也没多放在心上，叫惜光看得牙痒痒。

"你到底是怎么当人男朋友的？都找不到自己女朋友了。"惜光这时候怎么也忍不住大着胆子嘲讽一句了。

谢非年笑得无赖："哈，那你是怎么当人家朋友的？让我想想，阿随以前可是跟我说过，她讲鹿惜光是我这辈子最好最好的朋友。你这个'最好的朋友'又是干什么吃的？"

惜光哑口无言，气鼓鼓地瞪谢非年。

谢非年笑容越发张狂，拽过她："怎么，恼羞成怒了？快别生气了，容易长皱纹的，老得快，小心延树以后不要你……"他还特地思索了两秒钟，说，"鹿惜光，要是延树真的不要你了，你过来投奔我怎么样？我保证不会嫌弃你。"

惜光嘴角抽了抽，说："我谢谢你。"

谢非年愉快地说："哈哈哈，你不用这么客气。"

顾延树弹了弹烟灰，低头安静地抽烟，文件拂开到了一边。他的脸上一片冷凝，仿佛被什么影响到了情绪，却压抑着，面部轮廓的线条紧绷着。

他用内线电话把秘书叫进来问："刚刚那几个学生走了？"

秘书说："都还在走廊上，其中一个被谢二少叫住了，两人在说话。"秘书说完，悄悄瞄了顾延树一眼。

顾延树说："把谢二少叫进来，就跟他说刚的事情还没谈完，我有几个细节要向他问清楚。"白色烟雾弥漫在他眼前，淡淡的烟草味道在空气里散开。

秘书说："是。"走出办公室关上门之前，她又瞄了顾延树一眼。

谢非年被支开，走之前还弯腰低头凑到惜光耳朵边说："怎么我每次想和你交流交流感情，都会被人打断？"

惜光避开瘟疫一样避开他，说："都是天意。"很笃定地补充，"说明我和你不适合站在一起。"最好隔个十万八千里。

谢非年还要说什么，秘书尽职尽责地在旁边催促了好几遍。秘书是个长相出众、气质更出众的美人，谢非年得给美人面子，就一步三回头地走了，朝惜光潇洒地挥了挥手说："鹿惜光，记得想我啊！"

惜光内心咆哮，想你妹。

猛然发觉，他妹是谢诺，还是别想了比较好。

谢家人一个一个猛于虎，她应该绕道走。

惜光蓦然回头，郑鸣鸣和两个班干部还在电梯门前等她，并没有先离开，几双眼睛目光炯炯地望着她，充满了探究和八卦。

郑鸣鸣说："惜光，你……没事吧？"他估计是听闻谢非年风评不怎么好，看到惜光和他搅到一起就担心。

惜光笑："没事。事情办完了，你们现在打算去哪儿？回学校吗？"

"我们俩先去趟洗手间，你和班长先走吧，不用等我们。"两个女班干部说。

"你们女生真麻烦！"郑鸣鸣说。

"去你的！又没让你等，瞎嚷嚷什么，赶紧滚！"

两个班干部和郑鸣鸣笑闹着拌嘴，手挽手往洗手间去了。

郑鸣鸣看惜光站着不动，不解地问她："你怎么不走呀？她们俩不是说不用等吗？"

惜光叹了口气，恨铁不成钢地说："鸣鸣，我终于知道你为什么没有女朋友了。"

郑鸣鸣说："为什么？"

惜光只摇头，不说话。

郑鸣鸣着急了，说："你怎么不给指点一下迷津呢？咱们还是不是朋友了？惜光，你得帮我啊。"

惜光说："我不知道该怎么帮，个人情商问题，外人插不上手的。我也要去下洗手间，你也可以不用等我。"

郑鸣鸣说："你们女生真麻烦！"

惜光走了两步回头说："鸣鸣，我好像又知道你为什么没有女朋友了。"

郑鸣鸣说："你又知道了？"

惜光点点头。

郑鸣鸣说："那你倒是说一说啊，我为什么没有女朋友啊？"

惜光说："因为你嘴贱。"

郑鸣鸣："……"


惜光才走到洗手池的位置，就听见窸窸窣窣的说话声从隔间里传出来，虽然对方刻意压低了嗓门，但依旧辨识得出。

"鹿惜光和谢非年到底是什么关系？动作那么亲密，我看上次贴出来的照片也不像是假的……"

"我看不惯的是她竟然脚踏两条船，明显和顾学长认识，又跟谢非年纠缠不清。"

"我就不懂了，鹿惜光到底有什么好的？长得也就一般吧，比她好看的大街上一抓一大把……"

"不用去大街上抓了，我看你就长得比她好，等下出去照照镜子，补个妆。连鹿惜光那样的都有人要，咱们也可以把自信找回来了……"

接着是一阵笑声，好像愉悦了彼此，被轻易地戳中了笑点。

站在外面的惜光也低头默然地笑了。

些微的苦涩一闪而过，并没什么大不了。


惜光无从解释，自己和谢非年、顾延树的渊源，也不是一两句话能够说清楚的，索性沉默，任由人去说。

上次出了在宣传栏里被张贴照片的事，她站在人群中听了那么多的流言挖苦和嘲讽，还有班上几个熟悉的声音，异常尖刻的语调，唯独没有一句为她辩解的话。那时如有万钧雷霆在耳边炸响，她感觉到天崩地裂，世界末日也不过如此。

但其实不是。

远远不是。

唐素老太太跟她唠嗑说，你们年轻人就是爱折腾，一点点难处都是拿放大镜去看的。失个恋就要死要活的，感觉对方就是你的天、你的地、你的氧气和呼吸。哎呀，他不要我了，老娘不活了，最后一个个还不是活蹦乱跳的。被偷了钱包，跟被偷了心一样，都喘不过气了，好多天睡不着觉，自己使劲为难自己。钱没长脚又不会自己跑回来，还能怎么办啊，只能爬起来从头赚啊……有什么想不开的，早晚能想开。想开了，那也就不算个事了。

老太太站一辈子讲台，语文不是白教的，舌头不是白磨的。

说出来的话糙理不糙。

惜光都记得。

《《

第

十

章

L I N S H E N S H I J I A N L U

∨∨

他们两个人，

总得要一方先出手

话剧《雷雨》演出的时间是晚上八点整。

在此之前，观众陆陆续续入场，有学生，有老师，有邀请来的学校领导和一些社会人士，还有的是因为宣传到位，从外边赶过来的附近居民。偌大的一个演播厅，不久就被坐满了。

大红帷幕缓缓拉开时，惜光才停下来。她先前帮忙打杂，跑来跑去，拿这拿那，不知不觉就出了一身汗，靠在后台的柱子上用硬壳本子给自己扇风。

郑鸣鸣穿着民国风的长褂急匆匆跑过来，说："惜光，你现在帮忙打个电话去花店订一束花，谢幕时要用的。我之前忘了这回事，现在才想起来，应该也来得及，你催促花店送花的人快一点。"

惜光问："要什么花？"

郑鸣鸣说："随便吧？康乃馨行不行？"

惜光无语地看着他，想了想，说："就白海芋吧，我感觉会比较适合。"

郑鸣鸣说："行行行，你觉得适合就行，赶紧送过来就成。对了，别忘了让他给你开发票……"说完又飘走了，像一阵风。

惜光被他头上发蜡的气味刺激得连打了两个喷嚏。

7号渡口酒吧。

顾延树一下车，隔着马路就看见温遇云站在门口正中央，顶着一头粉红色长发大声在唱："是谁送你来到我身边，是那圆圆

林深时见鹿 ❷

的明月、明月，是那潺潺的山泉，是那潺潺的山泉，是那潺潺的山泉、山泉……

"……噢……沙噢沙噢沙里瓦沙里瓦……

"……噢……沙噢沙噢沙里瓦沙里瓦……"

温遇云一边唱，一边跳《西游记》里玉兔精那段妖娆的舞。只是歌跑了调，舞又扭得乱七八糟，跟发羊癫风似的，一头粉红头发乱颤。

从酒吧前路过的行人都用看神经病一样的眼神看着她。只有一个四五岁的小男孩趴在妈妈的肩头上，稚嫩地说："妈妈，这个姐姐好漂亮哇。"

他妈妈说："不要乱讲话！会被妖怪抓走的！"

小男孩吓得捂住了嘴巴，被妈妈抱着飞快地走了。

温遇云翻了个白眼，继续"沙里瓦沙里瓦"。

宋渝生嘴角含着笑，端着酒杯靠在门口另一边的一棵青竹上，悠闲地看着。

顾延树也狠心，硬是等音乐伴奏停了，温遇云一首歌唱完，才从马路对面过来，丝毫没有打扰到她一展歌喉的机会。

"你跟阿生打赌又输了？"顾延树问。

温遇云抓住粉红假发往后一"拔"，直接扯下，露出底下原来的白色短发，愤愤地说："我跟他赌7点整路过7号渡口的人是男是女，是男的就算他输，是女的算我输。"

顾延树随口一问："结果走过去的是女的？"

温遇云把假发甩在宋渝生身上，说："结果走过去的明明是一挺漂亮的男的，长相比较中性而已。阿生走过去拦住他就问你是男是女，结果那家伙立马就转换了性别，硬说自己是个女的，表示可以和阿生相互留个电话号码……节操呢！"

温遇云指着宋渝生吼："原本该我赢了的，他丫耍赖，竟然色诱路人，硬让人转换了性别！他根本就是一男的，我怎么会看走眼！"

宋渝生微微笑，从容地说："他说自己是女的，他当然就是女的。你要不信，当时就应该脱他裤子验证一下。"

温遇云扶额："阿生你真是……

"……越来越没下限了……"

顾延树和宋渝生并肩往酒吧里走，两人不知是谁回了温遇云一句："还不都是跟你学的。"


这个时间点，吧里人不多。一高一矮两个店员在柜台前擦酒杯，闲散地聊着天。角落里几个形单影只的人在喝酒，看上去差不多都是二三十来岁的年纪。音响里放的是纯音乐，像《喜帖街》的前奏，仔细听又不是。

三人凑一起喝酒，温遇云从来都是最没有节制的那个。不知不觉中，一杯接一杯地往肚子里灌，等她反应过来，面前的酒瓶已经空了。

朋友和同学聚会里，她是少有的那种不需要劝酒，自觉就能抢起一打瓶子猛喝的人。豪气冲天，义薄云天的架势，常常让男同志汗颜和害怕。到最后，把一群男男女女喝趴下了，她还站在麦克风前唱："沧海一声笑，滔滔两岸潮。"

练到今时今日，离千杯不醉只差毫厘。

喝了不知多少杯，她却没有一丁点的醉意，只是一张脸稍微泛红，像化了淡妆，倒也看不出什么。

宋渝生把酒杯推开了，叫了一壶茶。他想起一件什么事，对顾延树说："昨天我导师得了几张票，是话剧演出的，上面印着的赞助商里有顾氏公司。延树，我没眼花看错吧？"

顾延树没否认。

温遇云听了很感兴趣，问："咦？什么话剧？顾氏的生意和文艺界搭不上边吧？怎么会去投资搞话剧演出，规模很大吗？"

宋渝生说："是《雷雨》，新闻系一群小学妹小学弟自己策划的活动，不是商业演出。"

和聪明人说话不费力气。温遇云一听新闻系几个字，霎时就想到了关键的地方，看着宋渝生问："我记得，我们家惜光同学好像是新闻系的学生？"

宋渝生看着顾延树，问："好像是吧，延树？"

面前两人装傻充愣，配合默契，顾延树不动声色地喝了口刚沏上来的热茶，三言两语把事情说清楚："她班上的活动，来顾氏拉赞助，我同意了。"

他说得平静又坦荡，直言不讳。只是漆黑的眼睛认真看着杯中沉浮的花与叶，在想事情，声音漫不经心又偏低沉，像冷夜的雨。

温遇云一怔，她本以为延树已经和惜光在一起，如今两人正该是腻歪的时候，现在看来却不像那么一回事。

温遇云用眼神问宋渝生："这是怎么回事？"

宋渝生摇摇头，表示不知情。

"我要去看话剧！"

温遇云原本脱了鞋子，舒服地歪在柔软的布艺沙发上，突然直接拍了下大腿站起来，大声说。

酒吧里的店员和几个客人纷纷抬头望向她，温遇云毫不在意，怂恿宋渝生说："阿生一起去吧？好久没有接受过艺术的熏陶和滋润了，心灵都干涸了，得去修复一下。"

宋渝生说："好啊。"一双桃花眼笑得弯弯的，偏头问，"延树也一道吗？你一个人先走，好像说不过去呢。"

温遇云说："就是！你们今天都是来替我接风洗尘的，今晚我最大，马上行动起来，都跟着首长走起！"

顾延树睥睨她一眼，说："鞋穿反了。"

宋渝生低头去看温遇云的脚，说："还真反了。"

温遇云："……"


E大演播厅外。

惜光从花店小哥的手里接过九十九朵玫瑰花，顿时傻眼了："这是什么情况？"

花店小哥赶时间，没听见她的心声，把收了的钱往兜里一塞，发动拉风炫酷的摩托车飞驰而去。

惜光愣愣地捧着鲜红的花束，一脸懵懂。她在电话里订的分明是白海芋呀，送来的却是红玫瑰。关键是人家压着嗓门说给钱，她还就真乖乖给了钱，付完钱才发现好像不太对劲啊。

有班上的同学在里面叫她："惜光，花送来了没有？就要谢幕了！快点！"

惜光一进入后台，就被几个同学围拢起来，纷纷震惊地问她："这是……你买的花？"

惜光尴尬地说："是送花的小哥弄错了。"

大家七嘴八舌地商量起来："那怎么办？"

"现在也来不及重新买了，就送玫瑰应该也没关系啦。"

"关键是派谁去送？"

"惜光，班长专程跟你交代了送花的事，估计心里就希望你能亲自送上去，亲自交到他手上，哈哈哈，你就成全他吧！"

"就是、就是！"

惜光说："我能拒绝吗？"

大家目光殷切："求你了……"

这几个人里头，三男一女，之所以没有参与到演出当中去，或多或少是因为外貌条件稍微欠佳。这时候要他们上台献花，多半是不愿意的，只能把惜光往舞台上赶。

演出顺利结束，台下的掌声响起。

惜光顺了顺头发，捧着玫瑰从旁边的台阶一步一步走上舞台。头顶的灯光越来越强烈，仿佛带着盛夏的温度，照射在皮肤上有种灼热感。

这场话剧的总导演和主要策划人都是郑鸣鸣。从他一手提出活动方案开始，到后来的每一步，他都有参与，是最大的功臣。

那束花理应是送到他手上的。

惜光走到郑鸣鸣面前，把玫瑰送出去的时候，背对着观众，小声跟郑鸣鸣嘀咕："花店送错花了，我也是没办法了，你就意思着收下得了，走个过场而已。"

这一幕却引起了台下观众的轰动，有唯恐天下不乱的男生喊了句"在一起"，人群里附和声一片，接连着响起。

惜光倒成了台上的焦点。

她有时神经粗大得令人咋舌，只把送花当作任务一样去完成，听见那些开玩笑和起哄的声音，也无所谓地笑了笑。

当郑鸣鸣接过玫瑰之后，就没她什么事了。她往台下走，一转身，目光不经意扫过演播厅入口处那道清癯挺拔的身影。深灰色衬衫，墨色晕染的眼，仿佛在隔着千山万水的距离看她。

惜光脸上的笑，蓦然僵住。

她那点粗大的神经在遇到顾延树之后，总会变得纤细敏感。她下意识地想要跑过去，向他解释。

只是演播厅太大，一条长长的对角线的距离，让她不能立刻到他身边。绕开过道上站满的观众，从他们中间穿过，密集的人群遮挡住视线，她已经看不到顾延树。


"你这就要走了？"旁边的宋渝生见顾延树看了眼手表，这样问道。

"嗯，话剧也看完了。"顾延树丝毫没有再停留的意思，薄唇轻启，漠然地说，"我回公司了。"

温遇云着急地说："我还要等惜光呢，你不一起吗？大晚上还去什么公司，顾氏又不会倒。"

顾延树充耳不闻，越过温遇云径直往前走，清俊的背影渐远。

温遇云狂躁地揉了把头发，骂道："我要跟延树绝交，这厮太高冷了。"

宋渝生扬手往温遇云头上再拨了两下，彻底给她揉成个鸡窝，笑着说："他从小到大都这样，习惯就好了。"

温遇云不解气地握了下拳头，五指的关节咔嚓作响："我找惜光去！"


惜光从人堆里冒出来，披头散发地扑到温遇云身上。她眨巴着眼睛，看看温遇云，又看看宋渝生，再看看左右两边，唯独顾延树不见了。

温遇云说："别看了，人早走了。"

惜光低下头说："哦。"

"哦什么哦，"温遇云教训她，"你怎么回事呢，当着延树的面，竟然跑台上给别的男人送玫瑰花！"

惜光扁着嘴说："我又不知道他在台下面看着。"

温遇云说："听你的意思是，他没在台下看着，你就可以光明正大地给别的男人送玫瑰花了？"

惜光说："我没这么讲。"

温遇云看她那委屈的小模样，心里憋着笑说："现在延树吃醋了，你自己看着办吧。"

"他还会吃醋啊？"惜光哭笑不得，郁闷地说，"我要冤死了，先是花店小哥送错了花，后面又被委派上台去送花，还要被延树撞个正着，背不背啊……"

宋渝生含笑安慰惜光："没关系，你去哄哄他就好了。

"他的车停在学校南门口，没开进来。延树走过去要一段时间，你现在跑过去，应该还来得及。"

温遇云怂恿说："惜光同学，好好加油啊！我看好你哟！"

惜光立马跑得没影了。

温遇云无语，摸着鼻子讪讪地说："好歹听我说完啊你……"

温遇云回头问宋渝生："惜光跑过去真的管用吗？你不是蒙她的吧？"

桃花眼中笑意狡黠，宋渝生眸光深长，说："延树一直不对劲，心里藏着事，这时候惜光主动一点才好，反正延树永远拿惜光没办法。他们两个人，总得要一方先出手，不然老僵着，不知道得耗到什么时候。"

温遇云心里不知是什么滋味，却扬着笑，问："那咱们呢，再去吃喝一杯？我肚子也饿了，刚刚没吃多少东西……"

宋渝生点头说："那走吧。"

为什么，不试着
喜欢一下宋渝生？

夜色如水般无声漾开，浸染到每一处角落。

从学校演播厅到南门口，步行大约要十来分钟的时间，那是走学院大道。如果抄小路，就近了不少。

惜光决定抄小路，从音乐楼后面的樱花树林里穿过去，那样可能才赶得上顾延树。

她原本一路小跑，但树林里没了路灯照明，月光暗淡朦胧，只隐约照见脚下青石板铺就的窄道。她怕摔跤，又改成疾行，仿佛急着去找丢了的某样很重要的东西，刻不容缓。

帆布鞋底和石板摩擦，发出"嗒嗒嗒"的声音，踩着固有的节奏般，寂静地响起，敲打着夜色。

一不留神，惜光还是一脚踩到石板与石板之间的空隙里。脚一崴，往前一个跟头栽下去。

凭空伸出的修长手臂突然中途截住她，不轻不重却不可挣脱的力道，扣着她的腰往旁边一带，惜光猛地被压在了树干上。

惜光霎时惊吓地瞪大了眼睛："延树……"

微凉的唇已经覆盖上来，紧紧地贴在她的嘴唇上，吞没她脱口而出的声音。

几乎是撕咬一般的凶狠的吻。

唇瓣快速辗转之间，惜光的下嘴唇被咬破了一道小小的口子，吻里渐渐弥散了淡淡的血腥的味道。

迷蒙的月光映在少年清俊苍白的面孔上，映出他皱紧的眉和深邃的眼，手臂开始逐渐收拢，禁锢住怀里的人，强烈地宣泄着他心底的不安。

惜光被勒得疼，抓紧了他深灰色的衬衫，却意外碰触到他紧绷的背脊，微微一怔。她不由得缓慢松开了手指，抚上了他嶙峋的肩胛骨，像一种无声的安慰。

顾延树的动作忽而慢了下来，宛如轻微的舔舐，在她的伤口处流连，像带着歉意和隐晦的苦涩。只有彼此还未平复下来的紊乱的呼吸声，落入耳中。

他们的头顶是凋谢了的樱花树，落红委地，零落成泥，还剩绿叶和枝条在风中轻摇。

顾延树抵着惜光的额头，合着眼睛，不泄露一丝情绪，声音却冷清又沙哑，还是露出马脚。他像走入绝境中的人，找不到出路。

"鹿惜光，我不想再看见你了。"

惜光的心不断往下沉，却又清晰地听见他说："可是我想你。"


E大门前的大排档里。

温遇云竭力劝老板把背景音乐换成《霍元甲》。在整条小吃街你侬我侬，"我愿意为你，我愿意为你，我愿意为你忘记我姓名"的情歌氛围里，突然响起了一阵"霍霍霍霍霍霍霍霍"的显得格外突兀的声音，反倒吸引了不少大学生过来。

老板于是给温遇云他们那桌白送了一瓶啤酒。

温遇云得意地朝宋渝生扬起下巴，说："怎么样，我厉害吧？"

宋渝生笑："厉害。"

老板忙碌地烤肉串，忙里偷闲还转头看了看他们，同样出众的外貌和气质，让他误以为两人是情侣。不一会儿，他又送了一对爱心烤翅过去，直白爽朗地夸奖："俺觉得你俩特看好！真有夫妻相！"

宋渝生微怔。

温遇云认真地跟老板瞎说："我俩同一个妈生的，能不像吗？"

"啊？不是吧？"老板惊讶地说。

温遇云说："怎么不是啊，我妈生我们俩的时候还难产了呢，我和他差点就只能活一个……"

宋渝生听得眼皮跳了两下。

老板倒是被温遇云唬住了，连忙说："是吗，是吗……"发觉自己看走了眼，闹了个笑话，歉意地朝他们笑笑，又忙着回去烤串了。

这只是个不到一分钟的小插曲而已。


温遇云低头啃肉喝酒，不时拿着插满金黄色鸡块的竹签子伸到对面去："阿生你真的不吃吗？你会后悔哦。"

宋渝生不为所动，扯了纸巾擦过她脸上的一点油印，继续浏览手机页面上的新闻。

大概是跟医生的职业有关，宋渝生有轻微的洁癖，很少在外面露天的摊子上吃东西，特别是油炸一类的东西，他从来不碰。

宋渝生笔直地坐在温遇云对面的塑料椅上，周围油烟味熏天，地砖上结着厚厚的污垢，他自如地喝手里的一瓶苏打水。

温遇云叹气说："一个人吃真寂寞啊。"

宋渝生和她商量说："那你别吃了，反正也不怎么卫生，早点回去睡觉。"

温遇云咕噜咕噜一口啤酒，说："那我还是接着寂寞吧。"


一个多钟头过去，温遇云趴下不动了。

宋渝生在一旁照顾着，她这次没喝多少酒，没有醉，但是困得眼睛已经睁不开了。

宋渝生让老板清算一下结了账，揉一揉温遇云的白头发，无奈地说："早说了让你回去睡觉的，还真能死扛啊你……"

温遇云闭着眼睛傻笑，倒在宋渝生的胳膊上。

老板在旁边看着，不死心地问宋渝生："你们真不是一对？"

宋渝生扶住站不稳的温遇云，无奈地笑着说："嗯，不是，我们目前还不是情侣关系。"

老板连连说："不好意思，不好意思……我看着实在是像，就多嘴问了两句。"又指着温遇云说，"但她刚才说你们是兄妹，就铁定是蒙我的了！"

温遇云迷迷糊糊，凶巴巴地说："谁蒙你了啊……"

宋渝生朝老板笑了一下，说："别介意，她就是个小疯子。"

他也不再多解释，半拖半抱地把温遇云拎走了。

嘈杂热闹的小吃街渐渐被抛在了身后，五花八门的情歌混杂在一起，成了激昂的交响乐，也慢慢听不见了。


上了车，温遇云倒在座位上，偏过头，梦呓般地对宋渝生说："阿生，我好累啊。"说完似乎就彻底睡着了，歪着身体，什么都不管不顾了。

宋渝生替她调试好椅背的高度，桃花眼中洋溢的笑意，抽丝剥茧般层层褪去，如冬日树梢的落叶渐次纷飞而下，在风中不见了踪影。

他望着她的侧脸，替她把额前遮住眼睛的头发拂开。

忽而就想起，初遇时她黑色长发的样子，她天真无邪的笑。少不更事，也无忧无愁，她仰着头对他说："嘿，我叫温遇云，你叫什么名字？"

　　是从什么时候起，她剪短了头发，染白了头发，迷上摄影，开始频繁地离开 A 城去外面不同的地方，很少再回大院温家。随着时间流逝，她已经逐渐长大，还是一贯肆意张扬的笑，自由散漫的性子，却隐隐变成另外一个人。

　　她的身体里，有另一个灵魂。

　　宋渝生旁观过她的另一面。她彻夜失眠，凌晨时分坐在窗台抽烟；她对着镜子张开嘴喊叫，却没有发出半点声音；她走在别国异乡的街头，突然崩溃大哭；她躺在冰天雪地里，对着阴霾的天空笑着流眼泪……

　　那一张张寂寞孤独的脸庞，宋渝生怎么也忘不了。

　　他想留在她身边，给她一世温暖而坚固的怀抱。

　　可是她，似乎并不想要啊。

　　"遇云，既然这么累了，为什么不停下来留在 A 城呢？为什么，不试着喜欢一下宋渝生？这样的话，就不会那么辛苦了。我会对你很好很好。你想要的，只要我有，我都给你。我没有的，千方百计争取了，拿来给你。

　　"遇云，不要忘了……

　　"你身后还有一个宋渝生啊……

　　"你要不要认真考虑看看？"

　　说着说着，宋渝生自己倒是先妥协一般地笑了，无可奈何地揉着那一头白色的短发，自言自语："我是不是也醉了，明知道你不会回头的。

　　"算了，你继续往前走吧，我守着你就好了。"

林深时 见鹿 ❷

第十二章

别人找我聊天，

我是按每小时两百收费的

夏天降临时，没有征兆。冗长的梅雨季过后，太阳突兀地从云层中钻出来，散发着无尽的光和热。仿佛只是一夜之间，大街上的姑娘就脱下外套，纷纷换上了超短裙和雪纺衫，细长的高跟凉鞋在柏油马路上敲响乐章。

明明就在前两天，不知道受到哪股洋流的影响，还有过一场降温。

惜光穿着薄毛衣去逛超市，看着四周的人群，后知后觉地发现自己穿得貌似有点多了。她拎着大袋大袋的水果和蔬菜走出超市门口，身上发热，已经出了一层汗。

惜光回百川里的路上意外地看见很多拿着绿色荧光棒的年轻男女，穿着同款的白 T 恤，兴致勃勃地在讨论着今晚马上就要开始的演唱会。

惜光隐约知道有这么一回事，某某大明星的全国巡回演唱会到了 A 城这一站。但她平常不追星，也就没有特别关注。

面前走过来一个大叔，拦住惜光问："要不要门票？便宜点卖给你，我手里也就剩下最后一张了。"

惜光刚想说不用不用，却瞥见门票上印着的一排人名里，有"郁随"两个字。

惜光赶忙凑过去看个清楚，发现郁随是演唱会上的特邀嘉宾之一。

"多少钱？"惜光向黄牛大叔打探门票的价格。

黄牛大叔说："一口价，六百。"

惜光腾出一只手去包里掏钱，搜了个底朝天，只凑齐了四百八十块。她说："我身上就这么多钱了，能不能就这个价卖给我？"

她态度诚恳，看上去无比渴望得到那张票。

但黄牛大叔是要养家糊口的人，这个时候认钱不认人，才不管她态度多诚恳，已经准备寻找下一个目标出手。

惜光看讲价不成，便把手上的塑料袋往黄牛大叔面前一送，她说："我这里面有鱼有肉有蔬菜，还有水果罐头和娃哈哈 AD 钙奶，价值两百零三块五毛钱，发票也还在。我现在把这些全给你，再加上我四百八十块的现金，一共是六百八十三块五，你还赚了我八十三块五，也不用找了，这票你就卖给我吧！"

她一个文科生，头一回心算这么顺溜，噼里啪啦一顿说完，硬是把黄牛大叔唬得一愣一愣的。

大叔估计从没有遇见这样的情况，也从没有遇见过这么奇葩的姑娘。

惜光死乞白赖地换回了一张演唱会的门票。

为什么一定想要进去看看呢？郁随在舞台上是什么样子的，她还没亲眼见过。

往昔那样亲近的人，纵使变得陌生了，还是忍不住想要去关注。想知道，她过得到底好不好。

惜光等了老半天，郁随是整场演唱会时间过半之后才出现的。郁随作为特邀嘉宾，和演唱会的主人不知是何种亲密的关系，一起合唱了一首《类似爱情》，在舞台上的互动和配合都无比默契。

郁随的声音和她的外形很像，清澈透亮，虽然称不上天籁，但有种空灵的感觉在里面。

惜光以前觉得，郁随是不适合娱乐圈的。但现在看来，她似乎过得还不错，风生水起，只是整个人暴瘦，越发单薄瘦弱。聚光灯往她身上一打，都让人担心她无法承受那样强烈的光，会不会被压垮。

现场的气氛早已被点燃，底下所有的人都在跟着一起大合唱，一边挥舞着手中蓝色的荧光棒。一眼望去，像苍穹之下倒映出的浩瀚璀璨的星河。

一首歌唱完，在震耳欲聋的掌声和欢呼声中，惜光听见有粉丝在大声喊郁随的名字，热情澎湃。

尽管郁随只是出席的嘉宾，只是不那么起眼的配角。


那一晚，惜光回到小公寓后，提笔在日记本上写：

阿随，你一定不知道，我在这个夜晚偶然邂逅了你的演唱会。暂且，就称为是你的演唱会好了。你变成熟悉又陌生的样子，努力在发光发热，有很多人喜欢你。我听见很多人大声喊你的名字的时候，特别特别开心，就那样跟着他们一起用力地扬起手来，朝你挥舞。

我之前无论如何也想象不到，会隔着茫茫人海，这样看你。

我其实有很多的问题想要问你，但是从未想过，真正去找你问清楚。

阿随，很多年后，我大概还会记得我们一起趴在书桌上刷题的情形。你犯困了，脑袋直往下栽，然后一脸迷糊，努力睁开眼睛问我，惜光，我去冲咖啡，你要不要来一杯啊？

我点点头说，好啊。

林深时见鹿 ②

　　阿随，往后的时间那样长，我们却再也不会有一起熬夜刷题喝咖啡的机会了吧？

　　顾家。

　　顾延树趁着周六回来了一趟。陆婉凉坐在客厅里看电视，里面播放的是一出不知名的京剧，听见脚步声，也没有丝毫反应。

　　陆婉凉出院以后，仿佛老了十岁，头上平添了许多白发。

　　活得那样精致的人，平时连房中桌布上的每一处褶子都要让人熨平，才会在桌前落座，几乎到了吹毛求疵的地步。如今却忘了打理自己。

　　顾延树替母亲沏茶，但打过招呼之后，已经无话可说。

　　宋渝生来得很及时。他大概知道顾延树回了大院这边，悠闲地过来串门，手上还端着杯牛奶，是他吃了一半的早餐。

　　老管家看见宋渝生，像看到了救星。客厅里的母子冰冻了整个顾家，老爷子老太太又不在，急需一个人来解冻。

　　宋渝生是最适合的人选。

　　他一笑，就好像云层被风吹开，阴霾散了，出太阳了。

　　果然，宋渝生陪着陆婉凉说说话，她虽然还是没什么精神，但也偶尔会回两句话，偶尔会笑一笑。

　　宋渝生暗中朝顾延树挑眉，那意思是，你多向我学着点。

　　顾延树抿着唇，沉默着无视他。


　　两个小时后。

　　"别人找我聊天，我是按每小时两百收费的。到你们家这儿，我每回都得亏死，也没一点报酬，跟倒贴一样啊……"宋渝生感慨，和顾延树沿着小路散步。

宋渝生说："难得这个周末没什么事情，本来是打算睡到中午十二点起床的。你一大早打电话让我过来，真是体贴。"

哪有那么巧的串门？谁会星期六一大早，晨雾都还没有散，就端着牛奶出来闲逛，还就一路逛到了顾家门口？

太过巧的事情，都是早有预谋。

一切都是顾延树安排好的。

顾延树拿过宋渝生手里空了的玻璃杯。

宋渝生不解地问："你这是什么意思？"

顾延树说："报酬。"

"供你使唤，帮你拿东西，够吗？"

"够了。"宋渝生笑。

他开始谈陆婉凉的事情，这两个小时的闲话不是白聊的，察言观色，引导话题，心理医生一贯如此。

"阿姨的精神状态不好，她现在基本不和人交流，应该也不会答应去看心理医生，接受系统的治疗。我倒是建议，让她换一个生活环境试一试，人是可以自我调节的。何况阿姨她经历无数的风浪，比很多人都坚强。"

顾延树若有所思："换一个环境？"

宋渝生点头，肯定地说："对。现在你毕业了，顾氏由你全权接手，她多半能放心地出去散散心了。

"说起来，延树你好像一直在忙，根本没有去毕业旅行吧？"

顾延树说："大四的时候有过一次。"

"是吗？"宋渝生讶异地说，"当时竟然一点都没透露，我完全没听你说起过。"

顾延树默然。

他去的是南遥。唐素意外摔倒住院那次，他跟着惜光而去，在南遥待了一阵子，那就是他的毕业旅行。山清水秀世外桃源般的僻静小城里，他走过她曾经走过的每一条街，在她喜欢的小面馆里逗留，去看她常挂在嘴边的那条清澈小河，雨后日光下的粼粼水面，倒映出两岸的花木。

只是结果，不尽如人意。

那时惜光被绑架，以为他延误时机，是为了报复她。

这场毕业旅行，便不了了之。

惜光，恭喜你

终于揭晓了真相

演唱会那晚之后，惜光以为很长一段时间内，不会再与郁随产生任何的交集。

只是郁随似乎每一次都能够猝不及防地出现在她的视野里，以一种出人意料的方式。

比如现在，惜光为了完成一个课堂作业，扛着三脚架和单反相机去桥山公园拍摄一段夜景，却听见郁随的一声惊呼。

惜光想，耳朵又出毛病了。

但很快，等她选好位置，放下三脚架，固定好相机，开始准备打开镜头盖的时候，后面的一座八角凉亭里传出了动静。

惜光循着声音找过去，看见郁随被一个男人堵在亭子中央，小披肩被扯掉了大半，露出里面的白色背心。男人一只手还要去扯她的肩带，郁随霍然咬住了对方的手腕，男人发出惨叫。

鲜红的血，顺着郁随的嘴角直往下流。

男人扬起的巴掌就要朝着她的脸打下去，后颈上猛然一痛，麻木得半边胳膊都僵住了。

"阿随快跑！"惜光扔了手里的棍子，拉着郁随就跑。

桥山公园多树，一路上没看见其他人，惜光越紧张，脚下步子的频率就越快。郁随跟着跑得喘不过气了，腿软地跪下来："惜……惜光……不会再……追过来了……别……别跑了……"

惜光扶着郁随找了个隐蔽的地方坐下，着急地问："有没有哪里受伤？"

郁随缓过一口气来，擦掉嘴边的血，说："没有，我没事。那个人只是吓唬我的，不敢真的做什么。"

"你怎么知道！他都对你动手动脚了！"惜光替郁随把衣服整理好，又操心地把她凌乱的头发用手梳了几下，干脆绑成一个低马尾。

郁随由着她动作，说："我当然知道。不过是一个同行的竞争对手，我抢了她的一个角色，她气不过，派人来恶心我而已。"

惜光听她满不在乎的语气，登时愣怔："阿随，你……"

郁随兀自接着说："就算你刚刚不出现，我也能摆脱那个男人哦。"她嘴边还残留着擦拭不掉的干涸了的朱红血迹，胸口剧烈地起伏尚未完全平息，却是微笑着，用炫耀般的语气说，"惜光，我很小的时候，就学会如何跟男人周旋，然后摆脱他们了……"

惜光顿时哑然。

郁随靠在惜光的膝上，说："今天我本来不会上当，不会跑到桥山公园来的。但是那个男人估计是调查出来了，知道鹿惜光是郁随最好、最在乎的朋友，于是拿你来威胁我，所以我就过来了。"

似乎是怕惜光不相信，郁随掏出手机，播放了一段通话录音给她听。

男人在电话那头扬言，如果郁随晚上九点没有赶到桥山公园的八角凉亭，就会把鹿惜光如何如何。

惜光听了差点摔手机，骂道："郁随你脑子是不是进水了？这种东西你也相信！还真的一个人就跑过来了！你是不是活得不耐烦了！"

郁随却笑，邀功一般讨好地说："惜光，我对你是不是很好呀？把你的安全放在第一位。"

惜光心里一涩，郁随已经死死抱住她，像个树袋熊似的挂在她身上，撒娇地蹭蹭她，说："惜光，你送我回家吧？"

"我不想一个人回去。"郁随说。

郁随口中的家，指的是她重新买的一套位于第 32 楼的房子。

房子大约有一百五十平方米，四室两厅，郁随自豪地跟惜光介绍说："我自己挣钱买的噢。"

惜光看了看房间，不由得说："就你一个人住太大了吧，显得空荡荡的。"

郁随说："那你搬过来好不好？这样我就不是一个人了。"

惜光想了两秒，认真地拒绝她，说："还是不要了，我觉得百川里的小公寓很好，离学校近。主要是我在那里已经住习惯了，暂时不想再挪窝了。"

郁随心里早已经知道她的答案，也不失望，给惜光倒了杯水，说："你先别走，等我洗完澡出来做饭给你吃，我们已经好久没有一起吃过饭了。"

她这样说，惜光没有办法再摇头拒绝。

郁随卸了妆，穿着以前那套白色的旧睡衣，仿佛时光倒退，又回到了过去。

闲置的厨房终于派上用场，郁随是主厨，惜光打下手，帮忙洗洗菜，偶尔递个东西过去。手撕包菜、土豆牛腩、鱼香茄条、红烧豆腐，还炖了一锅玉米排骨。

五个菜对两个女生来说，确实有点多了。

但郁随今天兴致很高，忙得不想停下来，要不是惜光阻止，感觉她会做满一桌子的菜。

"喝点酒吗？我这里有。"郁随嘴上询问着惜光的意见，却已经起身去拿了。

那是一个茶绿色的冰裂纹瓷瓶，扁扁的很可爱的瓶身上面绘着梅花枝和清水滴，用木塞封住瓶口，看上去本身就是一件艺术品。

惜光说："我酒精过敏。"

"是哦，我都差点忘了，那还真可惜啊……"郁随遗憾地说，"是一个粉丝送的酒，听说是她自己酿的。她告诉我，这种酒很适合女生之间一起喝。"

郁随倒了一杯尝尝，先抿了一小口。

芬芳扑鼻，像梅花一般的冷香。舌尖上传来微辣的味道，随后有清淡的甜味在口腔里逐渐化开。咽下去，也不烧喉，只觉得身上慢慢有些热。

确实是让人很想一杯接着一杯喝下去的酒。只是一个人喝，总觉得寂寞。

惜光端着果汁，还是忍不住对那瓶酒感兴趣，问道："这酒叫什么名字？"

郁随说："我当时忘记问了。"

"应该问问清楚的。"

"是啊……"

明明郁随喝的才是酒，惜光却觉得自己有点醉了，大概是昨晚没有休息好，这时候犯困了。

她撑着头，看着对面的郁随，在心里堆积已久的话忍不住说出来："阿随，趁着今天这个机会，我有些事要问你。"

郁随点头："你说。"

惜光说："先说时间最近的一次。你还记得我们去蒲安旅游那次吗？在当地的旅馆里，我们俩遇见了谢非年，所以后来变成三个

林深时见鹿❷

人同行，一起去看了樱花，去泡了温泉。后来我回学校，宣传栏里张贴了很多照片，都是我和谢非年两个人同框的，照片拍得很暧昧，而事实却并不是这样。我想问你……这件事，是不是你做的？"

郁随问："为什么会怀疑我？"

惜光不回答她的话，只说："我接着问另一件事。你在南遥拍戏那次，我被卢三绑架了，我跟你打电话说让你去找谢非年帮忙。结果来的却是延树，更糟糕的是，他没有及时赶到，让我以为他是故意这样做的。这其中……是不是因为你？"

郁随指出："顾延树没来得及救你，这是事实。"

惜光摇摇头说："延树之所以没及时赶来，一定是有原因的。他再恨我，也不会不来救我，这一点，我那时候不明白，等过了一段时间，冷静下来再想想，就能想明白。但你当时却在误导我。"

郁随说："为什么偏偏怀疑我，却那样相信他？"

惜光说："我不知道，我自己也不知道原因……"她从小信任顾延树，如同一种与生俱来的偏执与信念。

郁随讽刺地缓缓笑了："惜光，你这个说法真伤人。没有条件地信任顾延树吗？所以郁随就成了那个必须要怀疑的对象，你没有任何证据，只是凭直觉，就选择伤害我。"

惜光低着头，问："那么……到底是不是你做的呢？"

纤细的手指握着淡色的瓷杯，郁随痴迷地望着杯中的酒，眉头皱起又展开，露出孩子般顽皮的笑。她说："嗯，是我呀。

"都是我做的，惜光，恭喜你终于揭晓了答案。"

郁随还在甜甜地笑，脸上泛起潮红，眼底湿润，闪着光一般。

她说："你被绑架的那次，是我故意叫来顾延树，误导他在山林里走错路，让他来不及救你，让你们产生误会。学校宣传栏上的照片，是我雇人一路随行拍下来的，是我让人公开贴出来的……

"惜光，顾延树比你聪明太多，这些事他早就知道了，他还来找过我呢。他说，我要是再接近你，他就弄死我，可我不怕死啊……"

惜光问："为什么这么做？"

郁随眉眼带笑，说："因为惜光你是我最好的朋友啊……是我这辈子遇到过的最好的人。"

惜光愤怒地说："郁随你这个疯子！"

"嗯，我是个疯子。"郁随一边流眼泪一边笑着说。


桌上的饭菜还剩下大半，郁随的酒瓶却已经空了。

餐桌上摆放的玻璃花瓶里插着几枝海棠花，像是几天前留下的，失去水分的花叶恹恹地垂着。晚风从窗台上吹拂进来，细枝摇摇欲坠，两片花瓣掉落在木桌上。

沉默了很久之后，惜光用手撑着桌沿站起来，说："阿随，我已经没有话要跟你说了。我要走了。"

既然问清楚了，那就这样吧。

惜光脚下迈开几步，头晕得越来越厉害，这才意识到那杯果汁可能有问题。她再一次觉得郁随的房子实在太大了，从餐厅走到玄关，是好远的一段距离，怎么走也走不完。

在她终于摸到门把手的时候，她听到郁随叫了一声她的名字，但是她已经不想再听，也不想回头看她。手上用力，门却怎么也打不开了。

她的意识从脑子里抽离，身体不受控制地往后倒了下去。

郁随俯视着她说："惜光，你现在不能走了。"

第
十
四
章

那是一张怎样的脸，

悲伤无处遁形

惜光醒过来时，窗户外面是橙色的阳光，让人一时分不清到底是清晨还是黄昏。

　　她侧躺着，半边脸几乎埋进枕头里，鼻尖满是棉花和阳光的味道。她迷迷糊糊地想，枕头应该在阳光下晒了很久呀。

　　她慢腾腾地睁开眼睛，断片的记忆开始回溯，渐渐想起之前发生的事情。

　　惜光从床上猛地坐起来，却发现左手被束缚住了。她诧异地低头，发现自己的左手被戴上了一个手铐，另一头锁在床头的复古雕漆铁杆上。


　　听见动静，郁随推开房门走进来，若无其事地问："惜光，你早上是要吃粥还是面条？豆浆和油条也有，你要吗？"

　　惜光不懂为什么情况会变成现在这样，竭力冷静下来，问："阿随，你知道你自己在做什么吗？"

　　郁随说："当然，我很清醒。我在做一件肖想了很久的事，现在只是把一直以来的想法变成现实而已。"

　　惜光呼出一口气，说："你这样是犯法的。"

　　"嗯，我知道。"郁随低头检查了一下手铐，关心的还是一开始的那个问题，问惜光，"早餐你想吃什么？"

　　惜光问她："你准备关我到什么时候？"

　　郁随说："我建议你先喝点小米粥，我自己熬的，特别香，要

林深时　见鹿❷

不要尝一尝？"

两个人的对话完全不在同一个频道上。

彼此答非所问，如同在进行一场费力费时的拉锯战，直到有一方妥协退让，不见硝烟的战争才会结束。

惜光再也无法抑制住愤怒："你到底想要干什么！这样做对你有什么好处？"

郁随说："让我想想，最大的好处大概是——要是你留在这里，我会很开心。"

"但是我不愿意！"

"没关系，我不在乎这个，我只要现在这个结果，其他的都无所谓。"

郁随对惜光说："我暂时不能放你走。学校那边我会替你向辅导员请假，我会定期拿你的手机给你外婆发短信报平安，没有人会发现你失踪了。当然或许会有意外，最有可能找你的那个人是温遇云，但最近温家事多，她腾不出时间约你见面。至于顾延树，他不像是会主动联系别人的人，这样我也省了不少麻烦……"

惜光心里一沉。

郁随笑着问她："我能说的，都交代清楚了。惜光，你现在能不能告诉我，你早餐想要吃什么？"

无论惜光说什么，或劝或骂，郁随都无动于衷。直到惜光说得太累，口干舌燥，连唾沫都挥霍干净了，郁随才笑嘻嘻地问："惜光，要不要喝水啊？"

郁随抱住惜光，她像一个在冰天雪地里跋涉太久的人，终于寻得一点微光，竭尽全力地想要靠近，伸手取暖。她说："惜光，你陪陪我吧。"

惜光已经无法和郁随沟通，到了最后精力耗尽，焦急和崩溃的情绪熬过去后，连开口说话的欲望都没有了。

郁随没有接任何通告，也没有出席任何活动。她不出门，整天在房间里守着惜光。

除了洗澡和上厕所，惜光手上的手铐没有被解开过。她有两次试着逃跑，却发现连卧室都是锁死的，更何况是外面的大门。

郁随眨眨眼睛说："惜光，如果你再跑，我会喂你吃药的，这样你就没有力气了。"

惜光知道，郁随没有在开玩笑。

她和郁随像一座孤岛上仅有的两个生命体，除了彼此，没有其他声息。

房间里永远保持着二十六摄氏度的室温。花瓶里每天变换的花束散发着清淡的芬芳。窗帘拉开三分之一，能窥见日升月落。天光渗透进来，投映在棕色的木纹地板上，到了某个时间点，又逐渐收拢，外面变成漆黑一片，第二天又重新亮起来。

惜光能看见的，仅仅是这些。


郁随搬了很多书到床上，献宝一样拿给惜光打发时间。她说："欧·亨利的所有小说都在这里了，《枕草子》是你最喜欢的那个译本，还有京极夏彦的《魍魉之匣》和《巷说百物语》……"

郁随拿着一本如字典一般厚的《山海经》塞到惜光的手上，说："你要是现在拿它狠狠砸我的头，砸出一个洞，砸死我，你或许就能解脱了。"

惜光终于肯抬眼看她。

面前近在咫尺的女孩儿已经瘦得脱了形。修长白净的脖颈，隐约透出青色的筋脉，给人极端脆弱的感觉，仿佛能一手折断。苍白漂亮的脸，从额头到下巴尖锐的弧度，像极了从古堡中走出的吸血鬼。似乎真的，只要惜光拿书重重一敲，她就会昏死过去。

郁随瘦得太过异常了。

惜光盯着那本《山海经》看了十秒钟，然后真的拿了起来。

郁随望着惜光的动作没有动，膝盖弯曲跪坐在床上，佝偻着腰的姿势，领口的锁骨突兀得好像随时会刺穿她自己的皮肤。她微微闭上眼睛，仿佛真的在等待惜光给她的重重一击。

惜光接下来的动作，却只是安静地翻开书，放在腿上认真地看起来。

如同一场双方无法默契配合完成的游戏。

郁随伸了个懒腰，笑着凑过去，说："惜光，你不会是舍不得我吧？"

"不是。"

"哎，你就不能说点好听的吗，指不定我就放你走了呢。"

"我不像你那么会说话，你嘴上说我是你最好的朋友，实际做的事情，却像在对待一个跟你有深仇大恨的人。我不明白，究竟为什么？"惜光被困了这么久，情绪冷静下来，声音充满倦意。

郁随笑，然后又沉默了。

她去外面咬了根冰棍踱步进来，坐在高高的椅子上，晃荡着两条细长笔直的腿，冰碴儿在嘴巴里咬得"咔嚓咔嚓"响。

惜光记得，郁随很喜欢那种白糖冰棍，不分季节，冬天也会去商店里买。

那时候郁随总是搞突然袭击，把还结着碎冰的包装袋往惜光脸上一贴，惜光冻得一哆嗦，她就像恶作剧得逞的孩子一般，露出小白牙哈哈地大笑起来。

郁随咬完冰棍，舔舔唇，对惜光说："你是我最好的朋友，是我遇见过的最好的人，这不是撒谎，不是为了说好听的话，我说的是真的。惜光，每当我看到你和顾延树走在一起，和温遇云打打闹闹，就会想要把你关起来，像现在这样，只有我们两个人……"

从抽屉里找出烟盒和火柴，郁随开始抽起烟来。

尽管有一扇窗户推开了一条缝隙，让空气流通。但在她连续不停地抽了整整一盒烟之后，烟草的味道已经挥之不去。

惜光被呛了两下，还是忍不住悄悄打量起郁随。

她躺在光秃秃的飘窗上，睁大眼睛看着天花板，手指惯性般地把烟送到嘴边，吞云吐雾。白色的烟圈缭绕在她的脸上，虚化了她苍白的五官和空洞的表情，了无生气，只有她手上的那点猩红明灭。

一瞬间，惜光想到了初中历史书上刻画出的老烟民形象。拿着细长的烟杆子，颓然地倚在华丽富贵的榻上，形容枯槁。

惜光脑子里闪过许多想法和猜测，郁随却忽然从飘窗滚下来，"砰"地砸到木地板上，身体直线落地。

惜光不明所以，起初以为，郁随是不小心翻身掉下去的，却发现，她躺在地上，没有起来，缩着身子在抽搐，像一个突然发病的人。

"你、你怎么了阿随？"惜光震惊地问，想要过去，但左手的手铐立即限制了她的行动。

郁随牙齿打战，咬紧了嘴唇，若稍微松懈，她就会发出痛苦狰狞的叫声。

她全身上下的每一根骨头都叫嚣着疼痛，忍不住拿头部狠狠地撞击地面。

"咚——咚——咚——"

撞击的力道和速度，一下比一下狠，一下比一下快，像一条濒死的鱼被海浪甩上岸以后绝望地用鱼尾拍打着沙滩。

惜光忽然就明白了。郁随这样，很像是毒瘾发作的人。

惜光难以想象，以前那个喜欢穿着白色棉布裙子，干净甜美地笑着的女孩儿，会和任何肮脏、黑暗、堕落的字眼扯上关系，换了灵魂般变成现在这副模样。

郁随没有站起来的力气了，她像一条虫一样在地板上蠕动，伸手去够桌子下的抽屉，却总还差一点距离。

拉开的三分之一的窗帘外面投下来灿烂而热烈的阳光，笼罩着她，裹住她，她的身体变得透明起来，仿佛在下一秒里，就会化成灰烬。

她身上的长睡裙变得褶皱，随着艰难的动作，露出大片苍白如雪的肌肤。米色的布料不断在身体和地板之间摩擦，宛如开出一朵凌乱肆意的花，颜色泛了黄，萎靡颓败之势，开到了时光尽头，就快要凋零了。

每一秒钟，都如同被命运之神恶意地放慢了，这个过程显得无比漫长。

郁随像武侠小说里身中剧毒的人，终于拿到了解药。吞下大把的白色粉末之后的很长一段时间里，她虚脱地趴在地上，四肢连伸展的力气也没有，别扭地弯曲着。

在惜光怀疑她是否睡着了的时候，她缓慢地站了起来，转过身，一步步，走到了惜光面前。

那是一张怎样的脸，悲伤无处遁形。

汹涌的无法抑制的泪水，浸湿了她的面颊，蜿蜒地顺着尖刻的下巴滴落。汗湿的长发像海藻似的，一缕一缕纠缠着她白皙修长的颈脖。

她却弯了眉眼，嘴角在眼泪中上扬，缓缓笑了。

她说："惜光，你现在看到的，才是真的我啊。"

第十五章

谢非年，

你帮我一次，求你

张爱玲在《倾城之恋》里说，如果你认识从前的我，那么你就会原谅现在的我。

郁随讽刺地想过，如果惜光认识以前的她，大概只会更加想要远离她，更别提原谅。

自从在惜光面前有过一次毒瘾发作之后，郁随已经没有了顾忌，破罐子破摔般，越发肆无忌惮，把黑暗的一面暴露给她看。

她当着惜光的面吞食白粉，注射针剂，不再掩饰和回避。她经常对着惜光笑，笑着笑着，就开始无声无息地哭。

每当这个时候，惜光只能闭上眼睛，不去看她，不然就会心软了。

郁随把被阳光晒过的枕头拿进来，拍松了，挨着惜光放着，然后躺下来。

她陆陆续续开始跟惜光说自己小时候的事情，聊起她的妈妈。她从来不管惜光有没有在听，愿不愿意听，就那样不管不顾地说下去。

她对藏在心里，以为会藏到死的往事，忽然间有了倾诉的欲望，痛到麻木的伤口就这样被揭开来，曝晒在日光下。

在郁随的记忆里，在没有来到温家之前，她经常透过灰色的窗子，看外面逼仄的天空。那往往是天还没有亮的凌晨，或者很黑的夜晚。

简陋的屋子，完全没有隔音效果。隔壁起伏的呻吟和喘息声，不断地响起，郁随常常被惊醒。

她摸黑赤着脚走到房门口，小心翼翼地把门打开一条缝，看到两具赤裸着的身体交缠，随着每一次动作起伏，女人的指甲在男人的背上抓出红痕。

有时是在床上，有时是在地上、茶几上、饭桌上、墙壁上，女人永远是一丝不挂地被不同的人压在身下，漂亮妖娆的脸上，挂着迷蒙的笑，眼睛里慢慢染上情欲。

潮湿阴暗的屋子里，一年四季充斥着一股霉味和驱之不散的淫靡气息。到了后来，郁随每每看到地上的不明液体，脑海中就会不由得浮现出画面，恶心得干呕起来。

郁随说："那些男人会留下不同的东西，有的直接把钱塞进她的内衣里，有的扛一袋米过来，其中有一个我记得特别清楚，是个杀猪的，担着两箩筐猪肉到了我家，秀秀来者不拒，都把他们请进门……

"忘了说，秀秀，姜秀秀，也就是我妈。她脑子有病，先天性的，偶尔会有些痴傻，长着一张漂亮又精明的脸，好像是大户人家养出来的闺女，却是别人想嫖就能嫖的。

"我就是靠她卖身的那些钱养大的。"

郁随说："秀秀告诉我，她曾经是不愿意干这个的，宁愿每天去捡垃圾。但是有一天，一群女人揪着她的头发，把她拖到了马路上，把她的衣服全脱光了，一件也没留。真的，一件也没给她留。"郁随的声音有点抖，"她们一边骂她贱人，勾引男人，一边剃她的头发，掐她的肉。

"人性的恶毒和野蛮，总是超乎人的想象啊……

"秀秀说，那次围观的人，比平常新年里聚在一起看舞龙的人还多，真热闹。

"从那以后，她就愿意干了，敞开大门，来者不拒。她那段时间还是个秃子，头发遭了殃，没完全长出来，也有男人抢着进门。那些女人，反而再也没有来找麻烦，大家相安无事地继续做邻居，真像是一个笑话。"

郁随换了个姿势侧躺着，说："后来……秀秀的身体拖垮了，实在撑不下去了，就带着我去找郁沣国，去了温家……之后的事，惜光，你或多或少也知道一些吧？"

惜光或多或少，是知道一些。

郁随的亲生父亲叫郁沣国，出身寒门，被温司令的独女温纪秋看上了，倒插门入了温家，生下一女，取名为遇云。

只是怕连郁沣国自己也没有想到，当年回乡时，和姜秀秀发生的一段小插曲，还会有后续。他醉酒和姜秀秀发生了关系，天亮后就灰溜溜走了，全然不知姜秀秀帮他生下了一个女儿，叫郁随。

后来的故事，无非是病入膏肓的姜秀秀带着小郁随到了温家，引发一场家庭大战。其中的详情，外人无从得知，但郁随母女到了温家的处境，必定如履薄冰。没被各色的人明里暗里弄死，都算是幸运了。

但终究，姜秀秀死了。

温遇云因为自己的一念之差，在大火中踢翻了姜秀秀的药瓶，间接害死了她，却全被郁随看在眼里。

外面的天暗下来，壁灯还没有打开，郁随在黑暗中，隔着被子抱住惜光："他们说，犯了天大的罪，也是可以被原谅一次的。

"但其实不能，我原谅不了郁沣国和温家。而我知道，惜光，你也不会原谅我。"

惜光感觉她的身体在打战，轻声劝说："你现在放我走，还来得及，我不会记恨你。"

郁随摇头说："来不及了，一切都回不去了，我也不准备再回头了。惜光，我预备做一件大事。"

惜光眼皮一跳，问："什么事？"

郁随把头埋在她背上，只是咻咻地笑。她问："惜光，你会一辈子记得我吗？"

她说："我这样的人，好像原本就是一个错误的存在。温遇云、我爸爸，温家的每一个人，一提起我都是要皱眉的，仿佛说到了一件什么脏东西，会玷污了他们的嘴。他们每个人都巴不得我从来没有出现过，一夜之间，突然死了才好。但是，我偏不呢，我要等他们都死了，我才会咽气。"

她说："秀秀被奸了十次，才能换来两瓶药，却抵不过温遇云一件衣服的钱，嗬，凭什么呢？"

她说："早晚他们都要还回来的。"


惜光不知道郁随在谋划一场什么，只是软禁她，显然就是第一步。接下来的事情，恐怕不会简单。

她得想办法跟外面取得联系。

好在第二天，事情出现了转机。

郁随的房子有客来访，来的人是谢非年。他打电话给郁随，嚣张的声音从那头炸响："阿随，出来！我就在你家门外，快点出来开门！"

郁随显然也没有想到，许久没有联系的谢非年会突然造访。她看了惜光一眼，利索地从柜子中拿出针管和药水。不待惜光反应过来，针头已经扎进她的皮肤里。

"惜光，你别怕，这管药只是用来催眠的。你什么也不需要做，好好睡一觉就行了。我不能让谢非年发现你在这里，他说不定会来捣乱，嘘，所以你别出声哪。"郁随说。

惜光全身无力，眼睛眨也不眨地盯着郁随。

郁随看见她的瞳孔里映出的都是自己的影子，开心地笑了，给惜光盖好被子后，出去把门锁上了。

眼皮忍不住地往下掉，惜光贴在腰侧的手狠狠地掐自己，想保持一丝清醒。但是就像连续奔跑了几天几夜的人，累到了极点，逐渐连手指也没有力气动弹了，只想要沉沉睡去，意识却强撑着，告诉自己要保持清醒。


客厅里。

郁随开门让谢非年进来，问道："你怎么会过来？"

"你无声无息消失了，我总得过问一下是不是，好歹是我名正言顺的女朋友啊……"谢非年低头，伸手抚摸了一下郁随的脸，停在她突起的颧骨上，"你怎么瘦成这样了？"

郁随不动声色地避开他的手，乖巧地扬起笑，说："都是想你想的呀。"

"对了，你突然找我有事？"郁随问。照往常的情况，她就算两个月不出现，谢非年自己在外面玩得嗨了，根本不会想起她。

"随便过来看看。"谢非年话也说得不清不楚。最大的那间卧室里突然传出动静，像有东西掉到地板上。

　　谢非年挑眉，望着房门的方向，问："什么声音？"

　　郁随正要编出个借口来搪塞，"啪——啪——"的响声又接连着传出来。

　　谢非年走过去，拧门把手，丝毫不能转动。他回头看着郁随，说："拿钥匙来把门打开。"

　　郁随不说话，站在墙壁上悬挂的那盏昏黄小灯下，紧绷着身体，无声地表示了拒绝。

　　"阿随，你真是越来越能耐了。"谢非年冷声说，猛地抬脚往门上一端，巨大又突然的响声让郁随一颤。

　　第二脚、第三脚、第四脚……谢非年的动作越来越用力，笑容消失不见，身上的狠戾渐渐透出来。

　　结实的木门，逐渐抵不住激烈的撞击，砰地被打开。


　　惜光躺在床上，正在努力地挪动着脚，想把第四本书从床尾推下去。听到外面的踹门声，心里升起一丝希冀。

　　谢非年进来时，惜光只剩下眨眼睛的力气了，嘴巴开开合合，却发不出多大的声音。

　　谢非年看到眼前的一幕，先前严肃的脸上又笑开了，还是那个玩世不恭的谢家二少。他坐到床边，问惜光："你是在学猫叫吗？"

　　惜光快要被他的一句话给气死，双眼一瞪，瞌睡都醒了两分。

　　谢非年一把掀开被子，发现惜光左手上的手铐，像是好奇，提起她的手腕看了看，表情纯良地说："这是什么？玩具吗？你和阿随在玩什么？"

　　惜光想一口盐汽水喷他脸上，偏生连翻白眼都已经感到困难了。

郁随跟着站在谢非年的身后，像一抹白色的鬼魂，嗓音沙哑地说："谢非年，我们出去谈一谈。"

谢非年看看就快要睡着的惜光，再看看郁随，明显在犹豫。

郁随说："我保证，她不会有事，只要睡一觉起来就好了。"她顿了一秒，然后说，"我不会给她注射一些乱七八糟的东西，我一个人脏就可以了。我宁愿杀了她，也不会那样侮辱她。"

谢非年还没有动作，郁随上前一步，伸手抱住他。

她瘦瘦小小，谢非年站起时，她只平他的肩胛骨。如今她抱着他，微微弓起身子，就缩成了一团刺猬，好像躲在他怀里一样。

郁随说："谢非年，你帮我一次，求你了。"


同一片天空下。

顾延树还在走廊上，就听见宋渝生的办公室里传出一阵哇哇的软糯哭声。

真是稀奇。

顾延树推门进去，有点不可思议地看着面前撒了一地花花绿绿的蜡笔，蜡笔中间站着个怯怯的小女孩，低头哭得厉害。宋渝生站在旁边，无辜地拿着大大的素描本。

顾延树看向宋渝生。

宋渝生无辜地说："我只是让齐齐画一棵草而已，但她好像就被难哭了。"他蹲下身，把那个叫齐齐的孩子抱到腿上，轻声向她道歉，逗她笑。

好在宋渝生哄人，下至不满周岁的婴儿，上至耄耋老人，从来都不是问题，孩子的哭声慢慢停下来，只剩一阵哽咽。

宋渝生也很困扰，他在这里，接手的病例不多，但不时会有几个家长带着孩子来找他，恳切地让他帮忙，给孩子做做心理疏导。

顾延树刚在一旁坐下，宋渝生就说："延树，要不你过来给齐齐做个示范吧？"

"你确定？"顾延树说。

宋渝生笑："你就坐在桌上画，齐齐自闭，但是模仿能力强。我不再说话，让她看着你画，或许效果更好。"

宋渝生把地上的蜡笔捡起来，放到顾延树面前，素描本也递过去："随你画什么，想到什么画什么。"

顾延树不为所动，没有说答应，也没直接拒绝。

宋渝生在一旁等着，也不急。顾延树看了眼面前的蜡笔。宋渝生立即反应过来，想到这已经是掉到地上的，无奈地换了一套新的，干净的。

顾延树说："你这里还真是什么都有。"

宋渝生笑："该有的都会有。"

顾延树这下终于肯开始，挑出一根黑色的蜡笔，斜斜地捏在两指之间，在米白色的纸张上涂鸦。他紧抿着唇，也瞧不出什么情绪，雕塑般冷清又精致，无端吸引人。只有右手随意在动，蜡笔在白纸上摩擦，发出轻微的响声。

宋渝生引导着齐齐看他的方向。

小女孩玻璃珠子似的眼睛盯着顾延树骨节修长的手指和他手下的画。不一会儿，她终于开始学着他的样子，抱着素描本安安静静地坐到椅子上，开始画起来。

宋渝生见效果不错，走开了，不打扰小女孩，却见顾延树这边还真画得认真。粗略的蜡笔线条，勾勒出的是一个脸部的轮廓，虽然模糊，大有克劳德·莫奈印象派风格，但还是能隐约从眉眼间联想到某个人。

宋渝生揶揄：“这是——惜光？”

顾延树头也没抬，像没听见。


这个时候，宋渝生接到了温遇云的一个电话。

电话里又说不清楚，温遇云语气严肃，不像平常嬉闹的样子，她说：“是很正经的事，阿生，你晚上要是有空就过来一趟吧。”

宋渝生笑着问：“很……正经的事？你能有多正经？”

温遇云说：“好吧，我改口，是很重要的事。”

宋渝生也不再打趣她，认真起来，顺便提了一句：“延树也在。”

温遇云在电话那头说：“那太好了，你直接把他也拖过来。”

宋渝生不明所以，也不问了，说：“但我这边还有个孩子在，等下班之后才能走。”

温遇云一怔，说：“阿生，你你你……和谁生的娃？”趁着宋渝生还没说话，她以飞一般的速度挂了电话。

宋渝生无奈地听着手机里传来的阵阵忙音。

好啊，以后我滚得远远的，

绝不会死在你面前

谢非年没有插手把惜光从郁随的房子里带出来。

惜光醒了之后，发现自己脑袋下依旧枕着充满了阳光味道的枕头，房间的窗帘还是拉开了三分之一，外面是辽阔的夜空。

但她的手心里紧攥着一枚很小的万能钥匙，是谢非年趁郁随不注意的时候塞给她的。

谢非年的意思是，爷就只能帮你到这儿了，接下来能不能逃脱，就要看你自己的了。


房间里静悄悄的。

就在五分钟前，惜光对郁随说："我晚上想吃火锅。"

被锁在房间里的这几天，这是惜光第一次跟郁随提这些寻常的小要求。仿佛她们还是在百川里，某个夜晚，她饿着肚子，怂恿郁随一起去小吃街吃夜宵。

郁随听了之后很高兴，说："我马上去超市买火锅料底。"她还盘算着要买哪些小菜和肉食，锁上房门之前问惜光，"手工曲奇要带一点回来吗？我记得你尤其喜欢朝阳街那家店子里的……"

惜光望着她眼里的笑意，微愣，终究还是点点头，说："好。我要蔓越莓口味的。"

郁随接着便出门了。


惜光迅速用钥匙打开左手上的手铐。在房间里粗略地找了一遍

林深时见鹿❷

.123.

自己的手机无果后，也就放弃了。接着她用那把万能钥匙，顺利地打开卧室门和大门，逃出这个一百五十平方米的牢笼。

从 32 楼的电梯里下去，惜光看着显示器上不断减小的数字，心里涌上一股莫名的酸涩。她脑海里浮现出郁随又哭又笑的那张脸，绝望地看着她的眼神，悲伤无法抑制。

银色的光滑的电梯墙上倒映出惜光的脸，她忽然间忍不住大哭。

只是在这样的一瞬间，她怎么也弄不明白，为什么会走到今天，为什么会变成现在这样的局面？

电梯到达一楼，惜光用手背擦干了眼泪。在电梯门打开之后，惜光收拾好情绪快步走出去，几乎拔腿就跑。

这是一片新的开发区，地段相对于城市中心地带来说，可谓偏远。夜晚行人稀少，只见对面有一对年轻情侣走过。

惜光漫无目的地在大道上奔跑起来。她身无分文，手机也没在身上，仿佛逃命一般，只能赶紧离开这个地方。

"惜光——"

跑出百来米远，有一个声音穿越夜间稀薄的雾霭，颤抖着叫住她。

郁随大汗淋漓，站在惜光身后的路灯下，双手撑在膝盖上，气喘吁吁。

她是去夜宵市场上，突然发现了不对劲，半路跑回来的。在一切无法挽回的今天，在她伤害了惜光之后，惜光怎么还会那样对她说，我要蔓越莓口味的曲奇饼干呢？怎么还会语气亲昵地跟她提这样的要求呢？

这太异常了。

果然，事情的发展已经超脱了她的掌控。

惜光逃出来了。

逃出来了的人，想要再抓回去，几乎是不可能了。

惜光隔着一段距离，凝视了郁随许久，一言不发准备转身就走。她现在出来了，无论如何也不会再回去了，郁随已经困不住她了。

"惜光，你走回来……"郁随再次开口叫住她。

但是惜光这次没有再回头。

"鹿惜光！"

郁随濒临崩溃的嗓音尖锐地划破夜色，随之响起的是身体倒下的声音。

惜光不敢置信地回头，发现郁随拿着一把水果刀子，对准了自己的腹部，笔直地捅了进去。

惜光被钉在了原地，不能够动弹。她只稍再拐一个弯，就能够把视线隔开，把郁随完完全全抛弃在身后。

一步一步地往前走，抬起的脚宛如有千斤重，脚下的每一步，惜光都得用尽全力。身后的人，倒在浓墨一般黏稠的夜色里，没有再发出任何声音，目光盯在惜光身上，犹如芒刺在背。

只待左转弯，这下，惜光的身影彻底消失在拐角处的古樟树后。

郁随孤零零地躺在地上，在心里默数着。

"一、二、三、四……"越数到后面，眼睛里的光越来越暗，刀身还留在身体里，却似乎感觉不到痛了。

不会比现在更痛了。

"嗒——嗒——嗒——"

奔跑的脚步声回响在寂静的夜色里，由远及近。

郁随一眨也不肯眨的眼睛里重新泛起亮光，惜光已经按原路返回来，一把将她抱住："阿随，阿随……"

郁随满是鲜血的手却死死地握住惜光的手腕，她笑着说："我又抓住你了！"

"我就知道，你一定会回来，你不会丢下我不管的。"郁随扬扬得意地说。

"我送你去医院！你的手机呢？我打120。"惜光不再管这些，往郁随身上掏手机。

郁随固执地摇头，说："我不去，我不想去医院。"

"你能不能别闹了！郁随，你要死现在就去死啊，别在我眼前晃，滚得远远的，别让我看见就好了！我绝不拦着你！"惜光气得脸都红了，口不择言，快要骂娘。

郁随也被她吼得一怔，却慢慢笑了，体贴地说："好啊，以后我滚得远远的，绝不会死在你面前。"

郁随用手捂住伤口，源源不断的鲜血从她的指缝中渗透出来，说："手机没有在身上，我只带了钱包和钥匙出来。你不要急，我们回房间去，拿到手机后打电话给我的一个朋友，他是医生，叫他过来就可以了。他住的地方离这里近，比我们现在去医院更省时间。"

郁随说得有条有理，唇上血色尽失。

惜光望着前后空荡无人的街道，偶尔飞速驶过的车辆，但没有停下来的迹象。她不能再犹豫，只好扶着郁随重新回到那套房子。

第十七章

惜光，你恨我吧，

没有关系……

温遇云一连打了好几个电话给宋渝生，催得厉害。

已经到了约定的时间点，宋渝生把那个叫齐齐的小女孩交到她父母手上，小女孩走之前矜持地亲了亲他的脸颊。这对患自闭症的孩子已经是很大的突破了，宋渝生明显也是一愣，而后礼节性地回吻了小女孩的额头："齐齐乖，回去要听爸爸妈妈的话哦。"

时间太赶，宋渝生又马不停蹄地拖着顾延树去了太禧楼。

温遇云订好的位置，她自己早早就到了。她先点了几盘开胃的小菜和点心在桌上，形单影只地坐着，跷着二郎腿，无聊地把玩着相机。

宋渝生敲了敲门，走进去，问她："刚才电话打得那么急，怎么现在跟没事了一样？"

温遇云见他们俩来了，脸上立马露出笑。她一根手指抵在唇上，朝宋渝生做了一个"嘘"的手势，指指包厢后面古香古色的小轩窗，小声说："你们跟我过来看一个人。"

她神经兮兮的，顾延树和宋渝生面面相觑，好奇地走了过去。

包厢左右两边的结构是完全对称的。

温遇云订的这间与对面一间是等面积的，从内里的摆设到外面的装饰，完全相同。所以连繁复的两扇窗子，也是遥遥对应着打开。

从这边能窥见那边的情况。

宋渝生和顾延树沿着温遇云的视线望过去，对面灯光明亮，觥筹交错，坐满了一屋子形形色色的男男女女。

温遇云说："你们好好看看中间那人。"

那是一个让人猜不出年龄的男人，西方式的面孔，谈不上英俊，鼻梁很高，眼廓深邃。远远望去，也看得出几分阴沉和凛冽的气势。面前开了一个赌局，他一手摇着骰子，一手轻浮地搂着旁边的女伴，往她的衣服里不怀好意地探进去。

宋渝生挑眉，偏过头笑着问温遇云："这有什么好看的，原来你还有这个癖好？"

温遇云举起拳头捶了他一下，说："认真看他的眼睛。"

顾延树站在窗前，朝那边望了一眼，便看出端倪，说："他的两只眼睛是不同的颜色，一只黑色，一只的颜色……很奇怪，是接近于紫色？"

仔细看才能分辨得出来。

温遇云点头："对。"

温遇云把珠帘拉下，说："我觉得他很眼熟。先前只是恰巧在太禧楼前面看到他从车上下来，我一路跟着他们一伙人进来的，就订了这个包厢。后来越来越觉得，这人是在哪里见过，心里总像有个疙瘩，却怎么也想不起来，这种感觉真不爽啊……"

顾延树给自己倒了一杯茶，等待她的下文。

点的菜肴陆陆续续被服务员端上桌，温遇云没什么胃口，一直在脑海里百般思索回忆。

顾延树说："他这是异色瞳，你要是看过，应该印象深刻。记忆模糊，兴许是很久以前在哪里见过照片之类的……"

"照片！"温遇云被他这样一提醒，霎时想起来，"我在爷爷的书房里见过这个人的照片！爷爷当年剿匪，抓获的一批人里，有

林深时见鹿 ②

.129.

一张这个人的照片。我当时对他的眼睛感到好奇，问过爷爷，但他很避讳，不愿意多说，那照片我也只见过那么一次，后来大概是被爷爷藏起来了。

"但是按照年纪来推算，也实在对不上，可能是照片上的人的儿子。他们长得太像了，特别是那双异色的眼睛，简直一模一样。"

宋渝生断定说："那男人八成就是土匪的后代了。这样说来，他和温家可是宿敌。"

顾延树回忆了几秒，也说："我听家里的老头子说过一次，当年土匪最猖獗的一族，好像姓冯。"

温遇云难得慎重深思起来，说："我心里特别不踏实，总觉得会有点什么事情发生，最近老是提心吊胆的。这样一个人突然出现在 A 城，不知道真的只是巧合，还是有别的什么原因。"

顾延树说："现在既然看见了，知道有这回事，就小心为上。"

温遇云点点头，说："我知道。"


第 32 层公寓。

郁随所说的那个当医生的朋友，留在她手机里备注的名字，叫冯荣。

惜光不知道这个冯荣是什么来头，但郁随似乎很信任他，让惜光拨通了冯荣的电话。

那头人声鼎沸，嘈杂喧嚣，接电话的是一个男人。惜光把郁随的情况简单地告诉他。冯荣先告诉惜光怎么替郁随止血，他一会儿就到。

惜光按照冯荣说的做，帮郁随包扎伤口。好在郁随也配合，由着惜光动作，但也不肯闭上眼睛休息，她的目光时刻随着惜光而动，带着一种奇异的光芒，像一个人的回光返照。

给惜光一种很不好的感觉。

冯荣到了，惜光第一时间注意到的是他的眼睛，一只黑色，另一只的颜色接近于紫色，很少见的异色瞳。惜光不知道的是，门外已经被冯荣带来的人守住，她这次才真的是插翅难飞。

而郁随让冯荣做的第一件事，是让他把惜光绑起来。

惜光莫名地笑了。

她顾念郁随是她的朋友，她觉得郁随是伤患，所以一而再，再而三地选择相信。在惜光心里，郁随仿佛终究还是一个孩子，所以就算她在郁随那里受了伤，也还是没有设防。

但是郁随回馈给她一个响亮的耳光。

"阿随，我真贱，不然怎么会相信你。"惜光说。

郁随躺在沙发上，让人处理伤口，她的声音很小很委屈："惜光，你这样说，我很难过。"

"你还装！自己不觉得恶心吗？"惜光语气轻蔑，重重地说，"郁随，你装模作样这么久，自己真的一点都不觉得恶心吗？"

郁随浑身一抖，短短几句话仿佛化成了匕首刺进她身体，整个人都疼得缩了一下，连冯荣包扎的动作都被打断了。冯荣不耐烦地按住郁随说："不要乱动！老实躺着，还没好！"

郁随望着惜光的眼睛说："嗯，我也觉得很恶心呢。"

惜光哑声说："我希望自己从来没有遇见过你。"

"可是我依旧庆幸，我能够遇到了你，这是让我唯一感恩的事情。"

"郁随,你太一厢情愿。你感恩,我却后悔死了,我后悔认识你,后悔曾经对你掏心掏肺、对你好!"

"惜光……"郁随一噎。

"你不是一直都觉得你妈妈的死全是温遇云的错吗,你认为是温家欠你的,但是如果你妈妈现在还活着,看见你成了这副样子,指不定都想掀开棺材盖重新躺进去!"

"你闭嘴!你有什么资格说我!"

"怎么,你还怕人说了?你不是很能耐吗?把人往死里算计,不达目的誓不罢休,我以前怎么不知道你还有这个本事。"惜光被绑住身体,脚却猛然一挣,踢翻了矮桌上的瓷杯,"哐当"一声炸响,"你怎么不去死!"

宽敞空荡的客厅里,爆吼之后,是死一般的寂静。激荡的尾音像狠狠拍打在海岸礁石上的浪潮,余音化作破碎的水花,在空气里飘浮,狠狠跌落,然后消失。

惜光不明白自己为什么会哭。

她觉得自己把这辈子最恶毒的话,搜肠刮肚地,统统都对郁随说了。可说完之后,她自己却哭了。

她变成一个很残忍的人,浑身长满了尖锐的刺。她只想要拼命伤害面前这个人,这个叫郁随的孩子,这个把她称之为"最好的朋友"的人。

可看到郁随缩在沙发上,一双通红的眼睛,还是眨也不眨地看着自己。

像在仰望余生里,唯一的光。

飞蛾扑火,也抵不过她眼里的热烈和疯狂。

惜光却率先泣不成声,眼泪一直往下掉。

郁随的伤口已经被冯荣快速处理好，她拔了手背上的针管，跟跄着走到惜光身边，抱住惜光。她的牙齿在打战，眼眶里分明没有眼泪，说出的话里却带着狠戾的哭音："惜光，你恨我吧，没有关系……

"……这样，至少，你会记得我。

"你会一直一直记得，有个叫郁随的人，出现过……"

这种鸟一辈子只能下地一次，

那一次就是它死的时候

顾延树留在顾宅吃了午餐。饭后，他陪陆婉凉在大院的林荫小道上散步消食。

树木葱郁，大雨过后放晴的天气，叶片上还有滚动的水珠，晶莹剔透，悬挂在叶尖上摇摇欲坠。顾延树前几天和陆婉凉商量过去法国的事情，今天已经正式确定下来。

陆婉凉没有拒绝，答应了先去国外待一段时间，散散心，暂时放下手头的工作，都交由顾延树来接手。

母子二人，对以前顾父的事情只字不提，默契地回避这个话题，内心却各自怀揣着不安，难以真正释怀。

顾延树说："我给您订了后天去法国的机票，那边一切都安排好了，会有人照料您。"

云散日出，好天气似乎让陆婉凉郁结的心情也舒畅了些，她极浅地笑了笑，黛蓝色的旗袍依旧风姿绰约，脸上恢复了一点神采，说："你妈妈还不至于那么不中用，自己能照顾好自己。"

顾延树听着，也不反驳她。

陆婉凉问："你和妈妈一起过去吗？"

顾延树摇头，说："我后天送您到机场。"

陆婉凉说："你也可以去法国休息几天，权当是度假，如果……"

顾延树直截了当地拒绝了："不，我现在不想离开 A 城。"

陆婉凉犹豫之后，迟疑地问："还是因为惜光吗？"问完之后，大概觉得别扭，又改口问，"那你今后有什么打算？"

顾延树脚步顿了顿，踩着稀薄的日光和树影。陆婉凉本意是问他今后的工作安排，他却不容她回避，和她聊惜光的事情，低声说："我会把当年的真相告诉惜光，不再有所隐瞒。不管她是何反应，我都会接受，但是我不会再离开，即使她不要我。"

这番出自于顾延树之口的话，让陆婉凉无比吃惊。

不待她出声质疑，顾延树已经抢先一步，截断了退路。他弯腰鞠躬，头颅一点一点低下去，声音冷清而坚定。他说："对不起，妈妈，这件事我只能听从自己的心，请您不要阻止。"

陆婉凉霎时双目通红。


午夜十二点，郁随的公寓。

每一盏灯都被打开，房间里明亮得如同白昼，仿佛每个角落都能被照见。惜光被绑着躺在了床上，冷眼看着冯荣随手甩给郁随一袋白粉和一盒烟。

这些天里，郁随腹部的伤好得很快，康复的速度比惜光想象中的要快很多。冯荣当场就毫不留情地揭示了真相，讥笑着说："她那一刀是算计好了捅的，伤口不深，就是血流得多，看起来吓人，远远没到要死的地步。"

惜光听后，心里也不再有什么波澜了，仿佛早已经习惯郁随的这种欺骗。

倒是郁随，被冯荣揭了老底，眼神凛冽地瞪了他一眼，又带着几分忐忑去瞧惜光。见惜光无动于衷，并不在意的模样，她又黯然地低下头去。


郁随就着冯荣的火，点燃了叼在唇间的烟。

见冯荣时不时把目光落到惜光身上，郁随站起来，挡住了他的视线。她对着冯荣似笑非笑，厉声道："我劝你别打她的主意！"

冯荣被扫了兴，也没说什么，转过头和几个属下继续玩牌。

郁随走进房间，把门关上，看着床上的惜光无奈地说："你别用这么讨厌的眼神看着我，都这么晚了，还不如闭上眼睛睡一觉。"

惜光不想理会她，只是真的把眼睛闭上了，费力地翻了身，背对着郁随，明显拒绝的姿态。

郁随仰起头，用力吸了口烟。瞬间的迷幻，麻痹了神经，让人感觉到轻松和快乐，郁随极度迷恋这种感觉。她坐在床头，等了等，才说："惜光，告诉你一个消息，关于顾延树的。"

郁随想，顾延树这个名字是有魔力的。

至少对于惜光来说，具有魔法效应。前一秒还誓死不愿意理睬她的人，这一秒已经坐起来，目光迥然地看着她。郁随心中涩然，低声说："顾延树要去法国了。"

惜光一听，就反驳她："你撒谎也该学高明一点，顾延树还要守着顾氏，怎么会突然离开？"

郁随苍白无色的唇间吐出烟雾："顾氏要开拓海外市场，首选是法国。顾延树亲自去，带领一班全新的人马打头阵，这是从温家那边得来的消息，错不了的。他就要走了，信不信由你。

"惜光，你猜一猜，他走之前，会不会找你？如果他来找你，我们这边倒是得加快速度了。"

惜光艰难地问："你们到底想要干什么？"

郁随答非所问，意味不明地说："我和冯荣计划好了的，现在还不能透露给你。但是你很快就会知道了。"

郁随说的计划的确很快就实施了。

第二天下午，惜光被蒙住了眼睛，被人扛着走出郁随的屋子，扔到了车座上。黑暗中，郁随一声不响地坐在她身边。

随后响起的是车子飞快行驶的声音，惜光的眼睛看不见，心里慌乱，没有血色的脸上却装作无比镇静。

然而这一切却被郁随轻易识破，她说："惜光，不要怕，我安排好了人，到时候一定会救你出去的。"

惜光愕然地问："你到底想要做什么？"

郁随沉默之后，轻快地说："你不要再问了，说了到时候就知道了。惜光，我已经等了很久了，这件事我一定要做。"她倾身抱住惜光，把头埋在她的肩膀上，感叹地说，"惜光，我觉得我或许快要解脱了，我好像飞了很长很长的时间，终于快要落地了……"

以前惜光和郁随一起窝在床上，抱着一台笔记本电脑看《阿飞正传》，电影里面的主人公阿飞说，我听别人说这世界上有一种鸟是没有脚的，它只能够一直飞呀飞，飞累了就在风里面睡觉。

这种鸟一辈子只能下地一次，那一次就是它死的时候。

当时的郁随不动声色，只是默默抱着枕头，原来她心里受了这么大的触动，一直记得。

死了的人能够重新活过来吗？

他们欠我的还能还回来吗？

太禧楼。

惜光眼睛上的布条被扯掉，终于重见光明。面前摆了满桌的菜，美酒佳肴，全是她喜欢的。看着这些，她不禁想起 32 楼公寓里，郁随挂在墙壁上的那幅临摹的《最后的晚餐》。

郁随替惜光松了绑，坐在她对面的位置上。

从惜光的视角往外看，门外把守的就有四个人，是冯荣安排的。惜光知道冯荣的身份不一般，和郁随之间，似乎达成了某种协议。

而今天这顿饭，太过平静，也太不寻常。

桌上的水果拼盘旁边有一把水果刀。郁随示意惜光，提醒她说："惜光，你还有最后一次机会。你可以杀了我，这样就能阻止一切了，要不要珍惜这次机会？"

惜光像是看疯子似的看着她。

郁随笑了，说："好，这样说明你放弃了这次机会，那接下来我们开始吃饭吧。"

"等一下，"惜光说，"我想打一个电话。"

"打给顾延树？"郁随问，"惜光，你消失的这几天里，他没有找过你，我说了，他在筹划去法国的事情。"

惜光看着郁随，说："我只打一个电话。我想听一听他的声音。"

郁随说："那我们来玩一个游戏，用陌生的号码给他打过去，但是你不能出声，只能听他说。你猜他会不会和你心有灵犀，知道这是你打的电话？"

惜光心里一跳，孤注一掷地说："那就试试好了。"

郁随不知从哪里拿了一部电话到房间里来。惜光一个键一个键地按下顾延树的号码，然后拨打出去，心里怦怦地等待那头的人接通电话。

有多久没有听到那人的声音了？

其实也就是短短几天而已，她在封闭的空间里每一秒都度日如年，仿佛时间已经过去很久。

她仔细想想，这些年她和顾延树多半是分离的。两人在一起时，命运就已经在某个细枝末节不经意的地方埋下了伏笔，待诗行至此，伏笔成就了阴谋，他和她总会分开。

想想总是不甘。


被接通的电话，打断了惜光这一刻的思绪。

惜光握紧了听筒，屏息等待顾延树开口说话，那边却传来一个标准的亲切女声，是机场的乘务人员在播报消息。

犹如一大盆冰水从头顶浇下来，冷到骨子里。过度紧张之后，紧绷的神经突然松懈，心里涌起巨大的失望，让惜光脑袋中一片空白，顿时失去了思考的能力。

郁随夺过电话挂断，说："怎么样？我没有骗你吧？惜光，你输了。"


A 城的弘杉机场。

陆婉凉看着顾延树手机上的陌生号码，还是决定替他接听，怕是工作上的要紧事，但是对方半个字也没说，又莫名其妙地挂了。

林深时见鹿❷

顾延树从洗手间回来，陆婉凉顺其自然忽略掉这个意外，没有提起这个小插曲。

半小时后，顾延树送陆婉凉登机，还没从机场出去，就接到一个老友的电话。

"延树，你托我查的事情有点眉目了，那人叫冯荣，是土匪头子冯朔和一个美国记者生的小儿子。当年温司令剿匪的时候，美国妞早就回国了，大家都不知道她的存在，所以都以为冯家一脉是死绝了的，其实还有这么一个漏网之鱼。冯荣如今的势力不算大，他根基不够，在A城倒卖一些东西，在黑道上有能使唤的一路人马。说起来，冯荣和温家老爷子之间可谓是深仇大恨啊。"

顾延树听到这里，说："我担心的就是这个，他最近在A城频繁出现，要是有动作，怎么会风平浪静？"

老友笑："我这边会帮你多留意的，你只要拿钱来就好。钱越多，查的速度就越快。我一直很实在。"

顾延树说："还有一个叫郁随的女生，半红不火的明星，去年出道的，查一查她的动向。这两人之间虽然看上去没关系，我却总觉得不会是表面上看到的那么简单。"

老友笑着点头答应了。

顾延树开车从机场回去。


太禧楼。

惜光和郁随的饭也吃完了。有人来把桌上的东西撤下去，郁随说："惜光，一切就快要结束了。"

惜光说："我不知道你接下来要做什么，但是你现在收手，还来得及。"

郁随摇头说："你每次劝我，来来回回都是几句同样的话，总说还来得及。但是其实早已经来不及了……太晚了。"

惜光皱着眉头，突然想到什么，说："你是不是准备用我把温遇云引过来？"

郁随说："猜对了，惜光越来越聪明了。温遇云会过来的，对吧，惜光，或许连你自己也不知道，你这样的人对我们来说，有一种致命的吸引力。就像是在黑暗中的人，看见了光，总会朝着那个方向前赴后继，温遇云一定会来的。"

惜光说："你准备怎么做？"

郁随说："我会放一场火，把这栋楼烧得干干净净，让温遇云也烧得干干净净，什么也不剩。她要是死了，温爷爷不知得伤心成什么样子，温家也就元气大伤。冯荣跟我合作，也不亏。我们联手把温家毁了大半，想想就大快人心。秀秀当年死在一场大火里，因果报应，我会让温遇云也葬身火海。"

惜光听后大惊，说："那之后呢？你能得到什么？郁随，你这样做了之后，真的会快乐吗？"

郁随面上一僵，却答不上来了。

惜光说："你还记不记得，以前咱们两个人打过一个赌，结果你输了，你还欠我一个承诺。只要我说出来，按照游戏规则，你就应该无偿做到。"

当时的情况是怎么样的，郁随还记得清清楚楚。

那时候两个人玩猜字游戏，最简单的那种，在一个人背上写字，另一个人猜。来回大战三百回合，郁随最终输给了惜光。

郁随学着电视剧中的人物说，只要不违背江湖道义，可以无偿答应惜光做任何一件事。

现在惜光说："阿随，你收手吧。我陪你去戒毒所戒毒，陪你把毒瘾戒掉，我去学做饭，炖好喝又营养的汤，慢慢把你养胖。慢慢来，一切都会好起来的……"

郁随愣怔了，她显然没有想到惜光还肯对她说这样一番话。沉默了几秒钟之后，她说："傻惜光，当时只是开玩笑的啊，怎么连这个你也信了，还真是好骗啊。"

"你……"惜光想要说服郁随，"人命不是玩笑，也不是游戏，你要是这样做以后会后悔的！遇云这些年在赎罪，你难道看不出来吗？你母亲当年的事，她已经付出了代价，并不一定要她死才能够结束。郁随，你为什么不试着原谅呢？！"

郁随双手撑在桌子上，霍然睁大的眼睛被通红的血丝布满。

听说，人心里的绝望太深太满，溢了出来，就会流经眼眶。所以，我们总是能通过一些人的眼睛，看到他们心里的绝望。

她看着惜光，一字一句地咬牙说："你告诉我，要怎么原谅？死了的人能够重新活过来吗？他们欠我的还能还回来吗？

"惜光，我感激你在最后关头了，还愿意跟我说这些话，但是我却不能够停下来，一切都太迟了。要是能在小时候就遇见你，那该多好啊……

"但是你，大概会不愿意吧。"

第二十章 《《

LINSHENSHIJIANLU

惜光，再见了

天上飘浮着几朵白云，万里碧空澄澈，犹如广袤的海域。下午三四点钟的太阳，温度已经有些灼人了，日光之下人来人往，车辆川流不息。

巷子里的青藤攀爬得老高，顺着灰白斑驳的墙，自由伸展。温遇云在巷子里接到郁随的电话，一个人去太禧楼赴约。

温遇云和郁随同父异母，一直形同仇人。当年郁随没有揭穿温遇云踢翻姜秀秀药瓶的事，一直守口如瓶，这些年犹如忘记了这件事情。但温遇云却知道郁随恨她，从没有真正放下过。

郁随说，温遇云只能一个人去，不然惜光的人身安全就不能保证了。

温遇云知道，郁随不是在说假话吓唬她。曾经一个小小的孩子，能够在失去母亲的情况下，在大院里孤身长大，心计和城府，远不只是外人看见的那样。

温遇云在去太禧楼之前，联系了宋渝生。

温遇云说："阿生，你在哪儿呢？医院吗？"

宋渝生那头环境嘈杂，好像很热闹。他说："我回了一趟学校，向教授请教一些事情。你怎么突然打电话找我，有事？"

温遇云说："没，我没事。"

宋渝生隐约觉得不对劲，但是跟他约好的教授已经到了，正在办公室门前朝他招手。他快步走过去，仍然不放心地叮嘱温遇云："有事要告诉我。"

温遇云说："好好好，我知道了，你去忙吧。"

温遇云挂了电话，又想到顾延树，这个时候他应该是在送顾母去弘杉机场的路上，多半也没空跟她闲聊几句。

跟郁随约好的时间已经快到了，温遇云就这样只身入了太禧楼。

在指定的房间里，却没有看见郁随。雪白的墙壁上有一块屏幕，画面是惜光被绑架在某个房间的录像。

轿车匀速行驶在高架桥上，顾延树走在从机场返回 A 城市中心的路上。老友的电话挂断十来分钟之后，就有了新的消息。

老友急急地说："延树，你刚刚提到郁随这个人，我从这个切口入手，马上就有了不一样的收获。冯荣和郁随早在去年就已经有联系，郁随出道，有一半是冯荣搭的线。前几天，他们联手绑架了一个人，是郁随曾经的室友叫鹿惜光……"他并不清楚惜光和延树的渊源，以为两人并不认识。

顾延树心里的不安被无限扩大，握在方向盘上的手紧绷，沉声问："绑架？"

"对，类似于绑架。那个叫鹿惜光的女孩儿进了郁随的房子之后，一直没有再出来过。学校那边，是郁随以鹿惜光朋友的名义帮她请的病假……至于其他的，还没有查清楚，暂时就只知道这么多。"

顾延树说："马上帮我查出来，鹿惜光现在的位置。"脚下的油门被用力踩下去。

柏油马路像一条永远望不到尽头的直线，两头不断延伸，没有终点。顾延树的脑子里一瞬间闪过很多画面，他知道郁随的狠绝，从那次在南遥的绑架中可以看出，她误导他选错交叉路口，完全不为惜光的生命安全考虑。

如果惜光真的是被郁随绑架了，真不知道还会发生什么不可预料的事。

顾延树从没有一刻像现在这么怨怼自己。他责怪自己为什么没有去找惜光，没有想到要联系她。

他的心里有很多个计划，每一个计划里都有她。他想到时候就把当年那些难堪丑陋的真相全部告诉她，但他不会给她离开的机会了，他要在鹿惜光的生命里刻下一道不灭的印记。

他想要和她有长长的未来，长长的一生，共同度过。他甚至在一开始的时候，就已经在这座城市环境清静的地带选好了一套房子。偶尔他出神发呆时，考虑起房子里的装修风格，一定要温馨，要有大大的明亮的落地窗和壁炉。他把每个细枝末节都翻来覆去想了一遍，心像沐浴在春风里。

但是现在，意外发生了，在他还没有先采取行动之前。

他所有的计划，所有温暖的想象，都被面前的现实狠狠击碎。

"嘀——"

刺耳的汽车鸣笛声尖锐响起，顾延树看着前方路口疾速驶来的大型货车，瞬间跌到了梦魇当中。

他感觉自己的身体被撕裂了，痛到麻木的不真实的触感席卷了意识，世界轰然倒塌，变得扭曲，天旋地转，已不是原来的样子。

最后一秒，他脑海里浮现的是惜光的脸。

夏初时节蔚蓝的晴空下，苍白清俊的少年，四周的血迹盛开出殷红的花，粲然绽放。他宛如静卧在万花丛中，连墨黑的发上，也沾染了点点的蜡梅。

太禧楼。

温遇云冲着手机怒吼："你到底在哪里？！"她一连找了几个楼层，这下彻底不耐烦，一脚踹向旁边的门，发出巨响。

郁随说："你从楼梯直接跑下去，千万不要走电梯。两分钟之后，你现在待的地方会爆炸。给你两分钟的时间，应该够了吧？"

"郁随你这个丧心病狂的变态！"温遇云骂道，一边从楼梯上狂奔而下，一边大声问，"那惜光呢？你把惜光怎么样了？"

温遇云始终没有等到郁殖的回答，就快到出口了，一声爆破从上面的楼道中传出来，吞没了她气急败坏的声音。


"你和谁打电话？"冯荣从房间外面进来，问郁随。

郁随陷在沙发里，随口乱编道："没谁，也就是外面的一个狐朋狗友，想约我今晚出去一趟。"

冯荣并没有在意郁随，拿着望远镜站在阳台上眺望对面的太禧楼，他显然也已经听到了爆炸声响，兴奋地笑道："这下好了，温遇云估计已经没命了，真想当面看一看温老的反应，看他会是什么表情，你说他会不会当场被气死？"

郁随也微微一笑，手上的枪不知什么时候已经抵在了冯荣头上。她说："你永远也不用知道了。"

冯荣千算万算，没算到会在郁随这里吃了大亏，僵持着不动，问郁随："你这是什么意思？"

郁随说："我后悔了，我现在想要收手了。"

她话音未落，冯荣趁她不备，伸手夺枪。郁随连开了几枪，冯荣的胳膊和膝盖各中了子弹。

冯荣跌倒在地上，郁随冷笑："你是不是觉得奇怪？我在你喝的水里下了药而已，你头昏也正常。要是往常，我怎么敌得过你，能轻易得手……"

冯荣问："为什么？"

郁随把枪口对准了冯荣的心脏，干脆地说："我说过了，我想收手了。你把我带到这条道上来，教我枪法，教我杀人，教我吸粉，教了我这么多，也应该付出代价了。你早应该知道，我是个锱铢必较的人。"

"砰！"

冯荣被一枪毙命。


几声枪响已经引来冯荣的人前来查看，纷纷在外面敲门。郁随坐在窗口，等待外面的人破门而入。她苍白的掌心托着小巧的枪，转动把玩着，突然掉转了方向，把枪口对准了自己。

她缓缓抠下扳机。

"砰！"

郁随的身子往后仰，从高层的窗口掉下去。她的身体迅速往下坠，凛冽的风声，如同最后的牧歌在耳边唱响。

她感觉自己的灵魂挣脱身体，飘浮起来，穿越时空，飘到一个很远的地方。飘回到那个夏末初秋的季节，百川里的松柏和冬青还长得那样好，她和惜光一起把床上的凉席换了下来，铺上干净柔软的被单，拿着两个枕头去太阳底下晒。

惜光站在阳光底下，对她笑着说，多晒晒枕头，这样晚上就能做个好梦了啊。

空气里满是洗衣粉干净的清香，她忍不住轻轻闭上眼睛，感受那一刻的温暖，好像从没有过伤害和痛苦。她想永远停留在日光底下，留在那片时空里。

从此以后，她喜欢上了晒枕头这件事。

这样，晚上睡觉就能做个好梦了啊。

惜光，我听你的话，收手了。不是因为迷途知返，你知道的，我永远做不到迷途知返。我只是贪心地想，若我现在收手了，日后你提起郁随这个名字，心中还能有些微的怀念和惋惜，而不全然是厌恶和记恨。

感谢你赐予我的，黄粱美梦。

感谢你赐予我的，短暂而热烈的年少时光。

惜光，再见了。


谢非年昨晚又是一场宿醉，一个人睡到这时候才醒。他掀开被子，裸着上半身，赤脚走到卧室巨大的落地窗前，眺望眼底的这座城市。

他突然无法抑制地想起郁随。

他是从什么时候认识她的呢？表面上像兔子一样的女生，但是内里却远远不是人们看到的这个样子。她永远乖巧地对他笑，问她什么都说好，从不拒绝他，凡事都配合他，像一个完美无缺的女朋友。

但他知道，她其实不是那个样子。

她戴着那样厚重的面具，走到他面前，他只会深深地讨厌她。

谢非年觉得她虚伪，觉得她做作，觉得她假……又觉得她有那么一点可怜。那么，当时答应做她的男朋友，也仅仅只是因为自己那么一丁点的怜悯和抱着看好戏的恶劣心态吗，连谢非年自己也分不清楚。

第一次见面，是某一年的春节。

大院里这几户人家，是会去相互拜访的，长辈带着小辈，挨家挨户串门。谢非年在温家后面的一棵大树下看见一个白色的小人，蹲在地上，拿着树枝拨弄着白雪。

她的脸颊冻得通红，一双红通通的大眼睛眨巴眨巴，眼泪悬悬欲坠。

谢非年的心里仿佛被谁踩了一脚。

他缓缓地走过去，怕吓着她，霸道惯了的人，这时候竟然也在犹豫着说点什么。他摸到袋子里的手帕，又觉得送出去不合适，人家还没哭呢，好歹也等人哭了再送吧。

在谢非年犹豫的时候，郁随已经抬起头来，花了两秒钟认清他的脸。

郁随认识谢非年，他在大院里捣鸟窝、组织打群架时，郁随常躲在远处看，记得他嚣张的眉眼。她泪眼蒙眬，突然看见他，只觉得害怕，猛地站起来跑得飞快。

留下谢非年呆愣地站在树下，手中的帕子始终没有送出去。

时间往后走，等到他和她再相见，郁随已经在心里再三权衡过他的身份——谢家二少。而谢家足以和温家并肩。

她忘记了尴尬的初遇，主动把手伸出来，鼓起勇气说："谢非年，我喜欢你，你能不能和我在一起？"

而谢非年这样的人精，或多或少察觉出她的目的。骄傲如他，对她便越发厌恶，当初那点朦胧的喜欢被冲散得一干二净。他趾高气扬地拒绝她，呼朋唤友，从她面前走过去。

只是后来命运纠缠不清。郁随又锲而不舍，一次次追求，他不知怎么犯了糊涂，有一次趁着酒劲就张口答应了。

这一答应，就是好几年。

尽管男女朋友的名号形同虚设，但他却也没有提过分手。

郁随对于谢非年来说，就像是心底隐藏的一个天长地久的秘密。

连他自己，也无法一探究竟的秘密。


太禧楼。

燃起的熊熊大火，快要把半边天都染红。很久以后，人们在街头巷尾谈起太禧楼的那场大火，犹然记得它把天空烧成了黄昏的颜色，像美人迟暮，半遮半掩的脸。

路上堵车，宋渝生是直接从E大跑过来的，消防人员已经在酒楼前面拉起警戒线。他问遍了所有的消防官兵，有没有看到一个白头发的女生，有没有从火中救出一个白头发的女生，声音颤抖，语无伦次。

他是宋渝生，向来从容不迫的宋渝生，但到了这时候，他的从容都见鬼去了。

再三询问无果之后，他拉起警戒线，弯腰从下面钻了进去，围观的路人想要拉住他，但是怎么拦也拦不住。

宋渝生冲进了大火中。


消防人员的搜救行动接近尾声时，天空说变就变，突然阴霾，下了一场倾盆大雨。

围观的人群散去，富丽堂皇的酒店已经变成废墟。温遇云去而复返，她没有受伤，郁随给她留的两分钟让她安然无恙。

可是她却找不到宋渝生了。

温遇云心里存着侥幸，以为他还在E大，或许正在和教授侃侃而谈，询问几个困惑着他的问题。

而实际上，宋渝生不在学校了。他的手机掉在太禧楼附近，被好心的路人捡到。温遇云打过去，对方说清了情况，还表示会马上归还手机。

温遇云没心思再管手机，眼前的事实充分说明宋渝生早已经知道这边发生大火，到太禧楼来找她了。

温遇云茫然地看着四周，找不到宋渝生的身影。

兴许是她孤零零一个人站在雨中，一头白色短发又太惹眼，有人认出她来，提醒道："刚刚有个男生好像在打听你的下落，怎么也不听劝，冲到火里去了，还不知道现在怎么样了……"

一瞬之间，千斤压顶，温遇云整个人仿佛都往下沉了沉，她一把拽住对方的胳膊问："你说什么？"

她样子凶狠，把人吓住了，对方甩开她的手，像躲开神经病似的跑了。

温遇云得不到确切的答案，就快要发疯，往消防人员堆里钻，逢人就揪住人家的衣服问宋渝生。

没有人敢理她，直到温老爷子亲自过来。

随行的警卫员在温遇云头顶撑起伞，却被她一手扫开。她抓住花甲老人的手，求救般地说："爷爷，我找不到阿生了，您帮帮我，我……"她抹了一把脸上的雨水，眼泪接连着往下掉，声音哽咽，"……我不知道该怎么办……"

她不敢回头看身后荒芜的废墟，胸口剧烈起伏，宛如空气被剥夺了，无法呼吸。

眼泪浸湿了她的脸庞，她觉得天崩地裂也不过如此，怎敌得上这时撕心裂肺的感受。

恐怕连她自己也不明白，宋渝生对于温遇云来说，究竟意味着什么。

渝生遇云。

渝生遇云。

可是她的渝生呢，化成了灰烬吗？

∨∨

而我从一开始就做好了

心理医生这个角色，

你却不曾真正走过来

半个月后，宋家举行葬礼。

温遇云在九琼山的墓园里大闹了一场，踢翻了坟前的鲜花："我说了他没有死，为什么你们不肯相信？！"

宋妈妈双鬓白了一半，打了温遇云一记耳光，响亮的声音让在场的每个人都不由得一愣，空气仿佛被冻结住了。

宋妈妈后知后觉地反应过来，等意识到自己做了什么，神情恍惚地说："小云，算阿姨求你，你放过我们家阿生吧。

"难道你要让他短短一辈子，为你生，为你死，最后还因为你不得安宁吗？"

温遇云被抽走了浑身的力气，跌坐在地上，眼睛被额前的头发遮挡，看不见眼里的泪光。她又撑着旁边的一棵青松，慢慢地从地上爬起来，从坟前走开，终于肯让出地方来。


骆南舟扶着惜光站在一排茂密的绿树后，虽隔着一座低矮的小山丘，但也能看得清楚。骆南舟说："那个白头发的女生没闹了，一个人站在树下，只是背朝着墓碑，不知道在看什么……"

惜光的眼睛上缠着白纱布，轻声问："现场还有一些什么人到了？"

骆南舟一个一个地跟她描述，许久才说完。

骆南舟问惜光："累不累？我们现在回去吗？"

惜光摇摇头，问："遇云呢？她还站在那里吗？"

骆南舟说："嗯，一直没有走。其他人已经开始陆陆续续下山，往回走了。"

惜光说："那我们也再等一会儿吧。"

骆南舟让惜光先坐在树墩上休息，担心她的眼睛："要不要过去跟她打个招呼？你和她，是很好的朋友吧？"

"不用了，我现在看不见，让她知道，只会更加担心而已。"

骆南舟看着手表说："那就再待十五分钟，不能再久了，眼睛上敷的药得换了。"

"好。"惜光答应了。


惜光的眼睛受了伤，是在太禧楼的那场火里被烟熏瞎的。郁随派来救她的两个人，其中一个还是冯荣的心腹，却并不可靠，当时在混乱中光顾着自己逃命，哪里还能护她出去。

而遇见骆南舟，实属是天大的巧合。

骆北溪去世后不久，南遥杂技团去外地演出时，车子滚落山崖，只有骆南舟一人活了下来，他甚至只是受了轻伤。老人家说，是北溪在天上保佑了他哥哥。骆南舟继承了杂技团班子的一大笔钱，却没有了去处。

他想他或许应该离开南遥，等老了再回来，和北溪葬在一起。于是他来 A 城找惜光告别，才有了后面的偶遇。

惜光当时虽然从太禧楼中逃出来了，捂着眼睛的她茫然地坐在马路边的花坛上。所有人都在关注火势，她在嘈杂声中无依无靠，只剩一片黑暗。

路过的骆南舟却一眼认出了灰头土脸的她，不等绿灯，就从斑马线上跑过来，一把抱住她。

"如果你也没有地方可去，不如留在我身边好了。"骆南舟看着惜光，这样想。

惜光和骆南舟从九琼山离开时，温遇云还没有走。

惜光跟守门的老人交代了一声："爷爷，里面还有一个白色头发的女生没有出来，她只有一个人，劳烦您多照看一下，先别把门锁上。"

空荡的墓园中，放眼望去，只剩下温遇云。

风声寂静，她抚摸着青石墓碑，冰凉的温度从指尖传来，刻进去的那个名字格外刺眼，她想要抹掉，但只是徒劳。

她始终不愿意承认，宋渝生真的已经不在了。

前几天还见过面、说过话的人，怎么会就这样消失，甚至连骨灰都没有留下来？温遇云重新拿回了宋渝生的手机，一直贴身揣在兜里，没有跟宋家的人说，没有把手机拿出来。她想私自保管，不给任何人插手的机会。

她把手机掏出来，这几天看了无数遍，屏幕亮起又熄灭。

她在手机的记事本里看到了一封信，标题命名为"写给遇云"。温遇云的手指颤颤地按下去，心中无法平静，信件已经猝不及防地在眼前打开。


遇云：

我第一次花这样一个漫长的夜晚给人写信。想着写完之后，多半不会送到你手上，只留在我的记事本里，随着天长地久，也不会泛黄褪色。等我老了，一个人翻出来读，也很浪漫，你说是不是？

我想，我会始终记得，自己曾这么深刻地喜欢过一个人。

每次去机场接你，和你一同走进夜色里，会让我有一种错觉，好像我们是相爱很多年的爱人，一起走在回家的路上。我心里想，不管你去了哪里，只要你回Ａ城，无论多晚，无论刮风下雨，我一定要去接你。

有段时间里，我喜欢听有声电台，是来办公室找我咨询的一个小姑娘推荐的。她有抑郁症的倾向，还在读高三，每天花超过十二个小时来发呆，站在家里的阳台上熬过黑夜，等黎明到来。

她说，打开双手的时候就好像张开了翅膀，很多次都想一跃而下。

那个时候，我很担心你，我见过很多次，你沉默地坐在阳台上抽烟，仿佛也会在某个瞬间从高空跌落下去，摔得粉身碎骨。而我无能为力，这种感觉实在糟糕。

我和很多患者交流，深入他们的内心世界，听他们诉说一百种不同程度的痛苦。我的老师常说，人心其实很小，藏住那么多复杂的情绪，渐渐淤积、堵塞，该有一个人来疏导，帮助他们整理好，腾出空间，预备盛放未来会遇到的喜怒哀乐。

而我从一开始就做好了心理医生这个角色，你却不曾真正走过来。

你远不如表面看上去的那样开心。遇云，如果时间能够倒退回去，我最希望的竟然是你一直待在国外，不要回来。我看过太多太多你在别的国度里大笑的模样，如今想来十分遗憾，我没有在那时，来到你面前，假装不经意地和你擦肩而过，和你微笑着打招呼，说一句你好或者是再见。

而我将永远祈祷，愿你一生顺遂平安，快乐无忧。

温遇云突然强烈地意识到，她无可挽回地失去了，那个一直陪伴在她身边，总是温柔笑着的少年。

　　这多像是一封预谋已久的诀别信，只待他抽身离开，再缓缓展现在她眼前，做着最后的告别。

你知道世界上

最孤独的鲸鱼叫什么吗?

H 市的一条小街上，有一家书店安安静静地开张了。

书店旁边就是花铺，惜光来来回回走了很多次，已经熟稔，不担心会摔倒。她趁着骆南舟在忙着整理书架上的书，独自出去买了一束向日葵回来，插在柜台上的瓶子里。

"南舟，我觉得还差一串风铃哎……"惜光想了想说。

骆南舟抬头看了看门口，想着确实应该挂上一串，这样有人进来了，风铃一响，惜光就能知道，也不会突然被吓到。他转头就看见金黄灿烂的花："惜光，你又偷偷溜出去了，也不跟我说一声……"

话里有无可奈何的味道，却听不出责怪。

"下次我会叫上你一起的，不用担心啦。"惜光保证道，但又忍不住小声嘀咕着，"其实这条街我都混熟了……"

"现在时间还太早，应该没什么客人来，我先去买风铃，你待在店里别乱跑哦。"骆南舟说。

惜光冲他摆摆手："知道了，知道了，你赶紧去吧，我又不是小孩子，不会丢的，也没人来拐骗。"

骆南舟无奈地出了门。


惜光坐在柜台前的木椅子上，摸索着打开收音机，调到音乐电台，里面在唱民谣，好像是马頔的歌，但是她怎么也想不起歌名了。

缓慢的节奏，舒缓的歌声，静静地流淌。手指跟随着音乐，一下一下弹在桌面上，只是她看不见，从窗口照进来的阳光也在她的指尖跳跃，投下斑驳的影子。到了后面，她也轻轻哼出声音来。

她什么都不去想，什么也不敢想。

待在这里，做一个安逸的瞎子。

陆续听过几则关于顾氏的新闻，他们进军国外市场，发展得很好，宣布了那位年轻新上任的 Boss 在法国做出的不菲业绩。而国内的公司，依旧由上一任董事长陆婉凉坐镇。顾延树尽管不曾露面出现在人前，但惜光知道，他大概过得很好。

门口传来奇怪的声音，像肉团撞到了上面。

惜光迟疑地站起来，脑中冒出一个想法，沿着柜台走过去，门上又响了一下。

惜光的手在空气中挥了两下，没有抓住任何东西。她缓慢地蹲下来，手突然被毛茸茸的尾巴扫了一下。

"惜光……"骆南舟及时地回来了，看见在檐下缩成一团的狗狗，"哪里来的小金毛？"

"咦！"惜光问，"是条金毛吗？"

"嗯，就是身上有点脏，好像很久没有洗过澡了，看着有点营养不良。"骆南舟摸了摸金毛的脑袋，它哼哼两声，头垂得更低了。

"会不会是附近人家走丢了的？"惜光问。

骆南舟说："我前几天好像见过这个小家伙一次，在垃圾桶里找吃的，它的一条腿有点跛，可能是被主人遗弃了的。"

小金毛似乎也听懂了这番话，委屈地呜咽两声，可怜巴巴地表示不满，像是被骆南舟的两句话伤了心，往惜光脚边挪了挪。


惜光决定收养这条小金毛。

她和骆南舟一起带着它去宠物医院做了检查，洗干净了全身。

兽医说没有太大的毛病，但是跛腿的毛病是天生的，治不了。

金毛听了，难过地耷拉着脑袋，又小心地偷看惜光。

只是惜光看不见它的模样，帮它挠挠背，安抚地说："没关系，我养你，咱们一起做个伴好不好？"

金毛蹭蹭她的掌心，舔了舔，淡黄色的尾巴摇了又摇。

"差点忘了，还没给你取名字呢！"惜光想了想，说，"要不就叫'五十'吧？我很喜欢《梁山伯与祝英台》里面那个叫四九的书童。你还小，以后长大了体型估计会很大，就叫'五十'好了。"

骆南舟听了忍俊不禁："你这是什么乱七八糟的逻辑？"

惜光说："我问问它喜不喜欢这个名字。来，小金毛，你要是也觉得我取的名字好，就叫一声。"

"汪汪！"

惜光得意地对骆南舟说："你看吧，它自己也很喜欢呢。"

骆南舟说："可是它刚刚好像叫了两声……"

"你可以闭嘴了。"

"是，女王大人。"


骆南舟想把五十训练成导盲犬，但这要实践起来恐怕会很困难。惜光却不在意："五十已经很好了，它不需要为我做这么多。它只要肯乖乖陪着我，不把花瓶打碎，我就已经谢天谢地了。"

她说这话的时候，五十替她叼来了一只拖鞋，放在她脚边。然后又扑哧扑哧地跑回去，一颠一颠的，再搬运另外一只。

没有人指挥五十让它这样做，但它却无师自通，仿佛知晓自己的主人看不见，想要照顾她。

骆南舟满意地笑："看来用不着我教了。"

五十把前爪搭在惜光的膝盖上，像是邀功。惜光奖励它："今晚我拜托南舟熬大骨头汤给你喝。"

骆南舟悄悄从柜台下的抽屉里拿出相机，对准了他们，拍下相片。骆南舟这些天已经偷偷拍了许多，只是没让惜光发现。时间不紧不慢地过去，惜光陪他留在 H 市，似乎能这样安然地度过一生。

门外已经是夏天的阳光，被几棵樟树遮挡了大部分，透进屋内也还算清凉。几个背着书包的学生进来，清脆的风铃声叮叮当当地响。

惜光费力地抱着金毛，让它别乱动，不要突然冲出去恶作剧地吓到客人。一人一狗正襟危坐地靠在书架前的地毯上，过了一会儿，都开始打瞌睡。

骆南舟看着他们，空洞的心，仿佛渐渐被填满。


后来惜光是被饿醒的，肚子"咕噜"叫了一声。双手四处摸了摸，发现是自己的床。

面前忽然多了一道呼吸，有什么靠过来，离她很近。她起先以为是小金毛："五十，你过来……"她伸手去捞，捉住的却是修长的手臂。

"是南舟啊，你干吗不出声？"惜光说着就要松开手，却被骆南舟重新握紧了。

"南舟，你……怎么了？"惜光困惑不解，"是不是出什么事情了？"

骆南舟一言不发地抱住她，哑声说："惜光，我们在一起吧？"

惜光一觉睡得迷糊，脑子不清明，偏生在感情方面又迟钝，不解地问："我们现在不是在一起吗？"

"我的意思是说——像恋人那样的，一辈子在一起，结婚，建立家庭……"

骆南舟还没有说完，惜光猛地挣开他的手臂，不小心从床铺上滚下去。骆南舟没料到她会有这么大的反应，一时愣住，又慌张地去抱她起来，却被惜光躲开。

这个动静引来了五十，它看见惜光摔在地上，不安地叫着。

这么一跌，惜光就彻底清醒了。

惜光觉得，自己和南舟是很相像的两个人。

骆南舟失去了相依为命的骆北溪，而她也找不回曾经的顾延树。她和他都丢了这辈子很重要的东西，如今都活得有些寂寥，不如年过半百的老人。

骆南舟拿出所有积蓄，在这个全然陌生的地方，开了一家名叫"天南地北"的书店，每天对不同的人微笑和问候。而她休了学，失明之后，她伤心痛苦的时间要比常人短，连当时治疗的医生都夸她心态好。

看上去，一切似乎都在慢慢变好。但遮掩得很好的伤口，却在慢慢溃烂，疼的时候只有自己才知道。

他们只是同样这么冷的两个人，依偎在一起取暖而已。

大梦初醒，还有一个人在身边。

但惜光却想，不能再这样下去了。

饭菜被端上桌，给五十的骨头汤也没有忘记，骆南舟先给惜光盛了海带和排骨，碗里直冒热气。汤汁清淡，上面浮着一层油花。

惜光对他说谢谢，然后埋头吃得满头大汗。

骆南舟刚想让她慢点，惜光就"嘶"了一声，张大嘴呼气："烫到舌头了！"样子跟五十真的很像，骆南舟忍不住笑。

尴尬的气氛却因此缓解了不少。

一顿饭吃完，惜光帮南舟收拾了碗筷，还泡了两杯茶。她看不见，怕溢出来，杯子里只倒了一半多的水量。电视机停在电影频道，正播放一部英国的喜剧片子，不时有笑声从里面爆出。

骆南舟调小了电视机的声音，坐在惜光的身边，听见她说："南舟，我要走了。"

终于来了……

骆南舟想的是，这一刻，终究还是来了。惜光说，她要走了。

他像是一个被判死刑的囚徒，等到了毙命的枪声；像冬夜里在雪地上跋涉的旅人，手里的最后一根火柴燃成灰烬；像漂流到荒岛上的孤独患者，看着唯一的木筏被海浪冲远。从一个人，再次回归到一个人的宿命。

"你要回南遥吗？"

"嗯，外婆还在那里，我应该回那里去。"

"什么时候走？"

"……就明天吧。"

"五十呢，你要带它一起走吗？"

惜光脚上一热，软乎的大尾巴已经覆上来，蹭着她的小腿。惜光无声地笑了笑："我想带上它。"

但你却要把我一个人留在这里，骆南舟想。


"惜光，你知道世界上最孤独的鲸鱼叫什么吗？"骆南舟问。

惜光想了想，说："是不是 52 赫兹？我小时候看过一个外国作家创作的儿童绘本，里面好像提到过。"

"正常须鲸唱歌的频率是 15 至 40 赫兹，只有它的歌声是 52 赫兹。

"据说 1989 年美国海军设立的水底探测器在监听敌军潜艇时捕捉到它的声音，之后的十几年里，科学家多次录下它的歌声，却没有听见过任何其他鲸类对它的回应……

"它每天游行四十多千米，每年都在北太平洋中迁徙，但始终孤独……"

骆南舟说完，无声地把头向后仰了仰，时间被放慢拖长，耳朵里莫名有嘀嗒嘀嗒的声音，像安装在心室里的炸弹，进入倒计时，沉默窒息地等待最后一秒钟。

惜光几乎以为他睡着了。

"那我送你走好了。"骆南舟呼出一口气，飘忽的尾音。

"什么？"惜光没听清楚。

"我明天送你去汽车站。"骆南舟准确地复述了一遍。

他没有说过一句挽留的话。他似乎知道，即便挽留，面前的这个人也不会留下来。他只是认真而热切地望着近在咫尺的这张脸，悲伤却无法掩饰，喃喃自语："惜光，没想到这么快，就要和你分开了。"

那头 52 赫兹的鲸鱼，现在是否还孤独地活在海里呢？或者已经永远沉睡在海底了？

在惜光睡着后的这个夜晚，骆南舟一如既往地在房间里写书。

他的笔下，有另一个世界。他写战国硝烟中的绝代英雄，写民国里的优伶戏子，写迟暮的倾世美人，写晨光里凋谢的最后一枝花，写冰雪覆盖坦荡如砥的平原，写在荒无人烟的戈壁里徘徊踱步的三眼怪……

写各种荒诞的、匪夷所思的故事。

等到了黎明，他口渴出去喝水；凝望窗口那盏夜灯下颓败的花枝，却体会不到川端康成所说的"凌晨四点钟，看到海棠花未眠"，是何种美丽光景。

他也没有那种心境。

他的心在骆北溪离开的那个黄昏，一起化成了没有余温的灰烬。

天很快就会亮了，隔壁的那扇房门会打开，那个浅笑着的女孩儿会拎着行李走出来，带着她的小狗，从这个地方离开。再相见，不知道会是哪一天，哪一个人群熙攘的街头。

以后书店柜子前的木椅，会空出来一张。去街角买烤红薯，也不需要两人份了。不会再因为陪着她去内衣店和买卫生用品而尴尬。整理书架的时候，透过一排排书的缝隙，偷看不到那张微笑的脸庞。

这样想着，他在黑暗中扬起脸，对着空气说："小北，真寂寞啊……"

第二十三章

LINSHENSHIJIANLU

茫茫人海，她想藏起来，

谁也找不到她

两年后。南遥小城。

一条金毛犬盯着停在树叶尖上的小蜻蜓，带着点好奇，小心地走过去，耳朵敏感地竖起来，身后的尾巴一下下地摇晃着。

"五十……"惜光站在小道上叫了一声。

金毛对小昆虫的兴趣也瞬间被扫空了，回头朝着自家主人的方向飞奔而去，就是步子不太稳。冲到惜光面前时，它还差点摔一跤，哀怨地"哼哼"两声，委屈地撒娇。

"都说了让你慢点跑，也不知道急什么。"惜光安抚它。

唐素还笑话过五十，说惜光捡回来一个小跛子。

它听了，那天伤心难过了好久，晚饭也不吃。惜光只好给它炸了小排骨，再拌着米饭，才哄它吃下去。有了这件事，连唐素都不敢再说五十是个跛腿了。

狗狗的自尊心很强，或许又因为被抛弃过，很害怕惜光也会因此不要它。

"走了，五十，咱们回家吧。"

金毛走在前头开路，惜光握着牵引绳，跟在它身后。一路上碰到几个孩子，都和惜光打招呼："小唐老师好……"

惜光教了一年多的书，南遥当地的一些学生的声音她已经记住了，也能对应地叫出他们的名字来，一一回应。

两年前，她孑然一身带着五十回到南遥，唐素认真地问她今后打算干什么。

她当时对未来感到茫然，答不上话来。二十出头的年纪，却对生活没有了希冀和期许。唐素看不得孩子这样颓唐，大手一挥："你就接我的班，去学校教书算了！你语文还不错吧？就教语文好了。"

惜光起先以为这只是句玩笑话。

但老太太用自己的实力证明了所言非虚。

南遥当地的小学，师资力量原本就薄弱，很少有外面的老师进来。唐素和校长是老交情，她说惜光是她徒弟，要去学校教教书，人家乐意得很。

只是惜光的眼睛看不见，是个问题。但唐素又说了，你去给低年级的上课，每天教十个拼音和五个汉字，这你还驾驭不了？你要是这都做不到，就去田里种地。

惜光打了个哆嗦，不敢反抗。

于是她就硬着头皮走进学校，走上讲台，一直待到现在。

至于称谓问题，也不知是怎么形成的。左邻右舍历来管唐素叫"唐老师"，到了惜光这里，理所应当地喊成了"小唐老师"。渐渐连班上的孩子也都跟着改口，远远看见她，张嘴就是"小唐老师好"。


打开院门，唐素正坐在树下和秦婶唠叨，只听见瓜子嗑得脆响。隔壁家兴许是在熏腊肉，风一吹，味道全散到这边来了。五十抻长了脖子，在空气中嗅嗅，样子把人都逗笑了。

唐素见惜光回来，进屋拿了个信封，说："是从A城寄过来的，我帮你拆了看看？"

惜光心里好奇，点头说："您看吧。"

"好像是张请柬啊……"唐素说，解开长方形卡片上的橙红丝带，看完内容后补充说，"还是张婚礼请柬。"

惜光满心惊愕："谁的婚礼？"

唐素抬了抬老花眼镜，借着光线，凝神说："这上面写的，新娘的名字叫温遇云。"

"遇云吗？"惜光重复问了一遍，久久回不过神来。再问了一遍新郎的名字，是个她从没有听说过的陌生人。

惜光很难相信，在宋渝生去世后的两年里，温遇云能够找到一个喜欢的人谈恋爱，然后到了要结婚的地步。连惜光这个旁观者都一度觉得，被宋渝生喜欢过的女生，恐怕以后不容易有看得上眼的人了。

不是惜光不相信爱情，她只是隐隐觉得，这不像是温遇云的爱情。

"婚礼举行的时间呢？"惜光问。

"这个月的农历二十二号。"唐素说。

在婚礼举行的前两天，惜光带上五十，奔赴 A 城。

这两年里，她和以前的朋友几乎都切断了联系。如今花费一番工夫，才重新联系上温遇云，温遇云在电话里把惜光一顿臭骂。惜光却庆幸着，遇云还会这样朝她吼，毫不留情地说狠话。

温遇云去汽车站接惜光，看着面前盲眼的姑娘，心酸无以复加。

惜光好奇地询问："遇云，你的头发还是白色的吗？"

温遇云突然哽咽，难以开口说话。当年惜光跟随骆南舟去 H 市之前，给她发过一封邮件报平安，并没有说眼睛失明的事情。之后便是杳无音讯，她把婚礼的请柬寄到南遥，只是抱着侥幸的心理，没有想到惜光真的能收到，并且赶过来。

"惜光，我觉得已经过了一个世纪那么久了……"


温遇云领惜光去的第一个地方，就是 7 号渡口。

这家酒吧是温遇云两年里不敢踏足的领域。她身边没有了宋渝生，没有了顾延树，连惜光也离她万里之遥。她常常开车路过街口，远远看见那块招牌，心就会揪起来。物是人非是何种境况，她领略过这滋味，并且惧怕这滋味。

如今老友重逢，她想再回这里醉一场。

五十跟在惜光身边寸步不离，酒吧的老板本来想说不能带宠物进来，但看温遇云的脸色，又不敢阻拦。

温遇云扯了扯五十的耳朵，对它说："小家伙，你真是好样的，竟然这么护主。这种精神以后也要继续保持啊，要一直这样保护她。"

惜光笑："你跟我家金毛说什么呢？可别想拐走它。"

"哪能啊，这家伙估计用大骨头都引不走。五十，你说是不是？"温遇云帮它顺毛，喝了两瓶酒，眼中仍然一片清明，"弄得我都想养一条了……"

惜光犹豫着问起准新郎，她有种嫁女儿的心态，不放心温遇云的这个决定。

温遇云却是无所谓的态度，仰头倒在沙发上，没心没肺地说："他姓谭，比我大了十来岁，准确地说，好像……是大十二岁吧。我妈挑选的人，我去见过一面，相貌一般，身高一般，人品估计也一般，但是家世不一般。我嫁过去，也算得上为温家做贡献了。我妈每天乐得跟喇叭花一样，搓麻将的时候手气都好了，我真是功德无量……"

惜光说："你既然不喜欢对方，为什么要答应这场婚礼？"

温遇云看着惜光，眼神中透着羡慕。这个姑娘似乎受再大的伤，经历再多的磨难，内心还是保留着太多美好而温暖的东西。她还固执而天真地认为，结婚的前提必须是相爱。

但是世上有那么多形同虚设的婚姻，有那么多貌合神离的夫妻，再多自己这一桩，又有什么所谓。

反正，也没有办法得到真正喜欢的那个人。

等温遇云终于有了醉意的时候，温家却已经闹翻了天。

温家的老司令被送进手术室里抢救，不知是生是死。惜光跟着温遇云一起赶去医院，路上才听说温爷爷去年被检查出了癌症晚期，这一年一直在医院治疗。

惜光忽而明白了温遇云这么快答应结婚的另一个原因，她想让老爷子安心。

可惜世间有太多事不由人，温遇云却没能见到温爷爷的最后一面。从抢救室中推出的病床上，已经蒙了一层白布。

温家的亲戚众多，围堵了过道，惜光这个外人被挤到了旁边。她什么也看不见，只听到温遇云嘶哑压抑的哭声，回荡在医院的走廊上，惊心动魄。

惜光想上前去安慰温遇云，才走一步，不知被谁用手肘推了一下，踉跄着退了好几步，却还是没站稳，撞到旁边一间病房虚掩的门，摔了进去。

里面也不知有没有人，安静得没有任何声响，像另外一个截然不同的世界。

鼻尖飘来一阵清浅的花香，熟悉的气味，惜光一时想不起以前在谁的家中也闻到过。蓦然出神，一时间竟忘记从地上起来。

金毛焦急地咬住她的衣角往上提，十分难过地叫出声。惜光赶忙去抚摸它的头和背脊，出声道："我没事，我没事，不要紧的，不小心摔了一跤而已，五十不用担心……"

病床柔软干净的被褥下，有一只消瘦苍白的手微不可察地颤动了一下。

惜光却全然不知，牵着金毛走出病房，小心地把门关上。


惜光担心的事情还是发生了，温遇云失踪了。

因为温爷爷去世，婚礼往后推迟了一段时间。但在葬礼过后的第二天清晨，她就不知去向，没有人知道她去了哪里。

前一天晚上，惜光还陪她守在灵堂前。她一直靠在惜光的肩膀上闭眼小憩，整个人沉寂下来，安静得像一个不会说话的哑巴。

她身上透着一种深入骨髓的灰败。如果惜光能看得见，一定会被她荒芜的神情吓到。满堂的灯火映照，她如槁木死灰般，仿佛生命走到了尽头。这几年的短暂时光里，她失去了太多东西，太多人，时至如今，心灰意冷。

温母派了大批人马找她，也没有结果。

茫茫人海，她想藏起来，谁也找不到她。


惜光回南遥之前，耽搁了一天，去了一趟墓地。

郁随中枪后坠楼身亡的事，当年的新闻大肆报道，由于牵扯到了温家，后来慢慢被压制下去，封锁了消息。惜光连郁随葬在哪里都不知道，直到前几天，温遇云告诉她地址，是离九琼山不远的偏僻地界。

惜光跟着守门的人，才找到郁随的墓碑。

那段动荡不安的往事已经落幕，郁随曾经说，惜光，我知道，你不会原谅我的。

但是她猜错了。

时光冲刷记忆里的痕迹，打磨往事锋利的棱角，惜光现在对着冷寂的墓碑，心中空荡，也激不起一丝的恨意。

"阿随，这两年里我经常梦到一些以前发生过的事情。睁着眼睛醒过来的时候，眼前一片黑，我不知道自己是不是还在梦里，你们是不是都还在身边？我总要花好长的时间才能接受眼前的这个现实……

"无论我抱有怎么样的情感，希不希望你出现在我眼前，你都已经不在了。遇云也走了，不知什么时候会回来，或许一直都不会回来了。没有人知道她在哪里，温爷爷死后，她对温家已经没有了牵挂。渝生生死成谜，几乎所有人都笃定他死于那场大火，只有我们几个还抱着一丝希望在等。听说谢非年去了外省的县城，准备从政，先在外面打磨几年，从基层做起，也不知道他是闹着玩儿还是认真的。而延树……在法国，归期不定。好像只是在一瞬间，一切都改变了……"

这么多猝不及防的分别，究竟是何时开始的？

她还没有回过神来时，他们已经遍体鳞伤，各自散落在天涯。

在回南遥的汽车上，一路颠簸。惜光拿出手机，把耳机塞上，打开了温遇云留给她的一段录音。

温遇云那晚嘱咐过她，无论如何，一定要等到回南遥的路上才能听。惜光当时不明所以，但也点头答应了。

耳朵里响起熟悉的声音。

"惜光，等你听到这段话时，我已经不告而别，离开了 A 城。外面夜色正浓，等到天亮，我就准备要出发了，我不知道要去哪里，但向你保证，一定会平安。阿生说，活着是一件很需要勇气的事，他祈祷我一生顺遂，快乐无忧。我恐怕做不到快乐无忧了，但我大概还能继续苟且偷生，找到办法活下去……"

中间停顿许久，温遇云没有出声，惜光仿佛与她面对面坐着耐心地等待。

"……还有一件事，我终于决定要告诉你。两年前，延树没有出国，他出了车祸，至今昏迷不醒……"

惜光猛然一震，握着录音笔的手微微颤抖，耳朵里的声音还在继续。

"顾家为了稳住人心，放出的都是假消息。惜光，我不知道这样告诉你，是不是太过残忍。毕竟谁也不知道，他会在哪一天醒过来，他是否还能醒过来……"

惜光下意识地捂住嘴，忍不住失声痛哭。

藏在编织袋里的五十偷偷探出脑袋来，无措地望着悲伤欲绝的主人，抱着尾巴缩成一团，也难过起来。

前方车座上的小孩子拍着手掌，兴奋地大叫："下雪了，下雪了！"

这场大雪悄然而至。惜光下了车，戴上帽子，牵着五十失魂落魄地往家走。脸上尽是细碎冰凉的触感，冷得有点疼，连呼吸也透着寒意。手里的盲杖敲打在地上，跌跌撞撞，熟悉的街道口，她差点走错两次。

好不容易到了自家的院里，进了屋，唐素不知去哪家约棋了，

没有半点动静，只听见风吹雪花的声音。

惜光准备回自己房间拿条大毯子来，给五十擦干，脚下却绊到什么，往前面一栽。

黑暗中有人扶住她，但力道却不够，不知怎么没扶稳，给她垫了底。两人叠罗汉一样，一块儿跌到地上。

惜光一动也不敢动。

缓了两秒，她想撑着地面站起来，伸出的一只手却触到底下这人冰凉的手臂。大冬天的，他身上只有单薄的衣料，像凝了霜。

"对不起，对不起……"惜光慢半拍地跟他道歉，终于扶着门框站稳。

那人一言不发，悄然沉默。

外面的冷风从门口涌进来，一两片绯凉的晶莹雪花落到了鼻翼和唇间，些微的痒。惜光抓着自己的衣角，嶙峋的骨节紧绷起来，张了张口，如有感应般，万分艰难地问："是……延树吗？"

太过熟悉的怀抱，在梦中拥抱过很多次的人，她熟悉他如同熟悉自己掌心的纹路。

如果是相逢，即便看不见，她怎么会认不出他？

惜光心中悲怆，空茫地眨着眼睛，犹如跌入了混沌的梦境之中。直到听到一个哽咽的声音："嗯，是我。"

> >

丫头，你在家里藏了男人？

院门外停了几辆清一色的轿车，把并不宽敞的道路完全堵住。行人过路也得贴着院墙，小心翼翼地挪过去，衣服蹭脏了，不免要骂几句，哪个天王老子要摆这么大的排场。

是顾家。

顾延树在医院里醒来，一路赶到了南遥。顾家正火急火燎地找他。零下几度，陆婉凉却着急得上了火，想把医院的屋顶掀了，几个看护被她训得狗血淋头。一得到消息，她便立即派人到南遥来接人。

顾延树身上还穿着蓝白条纹的病号服，走到院门口，对领头的那个说："我要留在这里。"

对方是陆婉凉的心腹，为难地说："可是您的身体还没有恢复，夫人一定不会放心……"

顾延树说："那就把药都送过来，我会自己照料自己的。"他面容苍白，两年卧床不起，身体越发显得清俊单薄，说出来的话却不容拒绝。

对方沉默片刻，鞠躬道别，领着人走了。

门前终于清静下来。

顾延树转身，惜光撑伞站在院中，离他只有几步的距离。

她把刚才的对话，全听进了耳朵里，这时候却落井下石，咬牙问："你不回 A 城，不就无家可归了。你还能去哪里，难不成想赖在南遥？这里可是我的地盘。"

不待顾延树开口，她又说："要不要我收留你啊？

"喂，你干吗不说话？

"延树……你走了吗？"

揪紧的衣角，泄露了她紧张和不安的情绪。

始终改不过来的小动作，逃不过顾延树的眼睛。他不再犹豫，大步走过去，低头凑进伞下，伸手一抱，胸膛被填满。

他跨越过生死，横渡过时间，才得到这一刻的圆满。

她滚烫的眼泪浸湿他的衣服，忘乎所以地哭泣。脑中空白，天地寂静，声势浩荡的鹅毛大雪中只能感受到眼前这个人。她看不见他两年后的模样，只有缠绵相扣的十指，贴合得毫无罅隙。

她想起保尔·艾吕雅的诗。

"我是你路上最后的一个过客，最后的一个春天，最后的一场雪，最后的一次求生的战争。"

家里没有浴缸，但有个木头做的老式浴桶，是当年一个木匠送给唐素的生日礼物。约莫那木匠痴恋唐素已久，浴桶做得十分用心，比市面上卖的要结实很多，至今还完好无损，成了一件实用的老古董。

顾延树身上太冷太冰，惜光预备让他舒服地泡个热水澡。她指挥顾延树打开热水龙头放水，顾延树和五十寸步不离地跟在她身后。

五十似乎感觉自己受到了忽视，一个劲地蹭惜光的脚踝，被顾延树一把拎起来。

人狗对望，双方眼神中都充满了敌意。

五十"汪"了一声，但是又不敢咬他。顾延树轻拍了一下它的脑袋。

"延树，你在干吗？"惜光问。五十赶紧从顾延树手中挣脱出来，委屈地用尾巴在惜光的鞋面上扫来扫去。

"逗狗。"顾延树一本正经地回答说。

惜光笑："它叫五十，我取的名字，好听吧？"

顾延树说："听起来很蠢。"

惜光："……"

五十却只听到主人叫它，瞬间欢乐起来，绕着惜光转圈，偶尔抬起头，眼睛依旧审视般地盯着顾延树。

"水好了，你洗澡吧。"

顾延树问惜光："你去哪里？"

惜光一窘，她当然要出去了，不然还留在浴室看他洗澡吗？虽然她也看不见。这时她只好尴尬地说："你应该没带衣服来吧？我得去秦婶家借几件你能穿的。"

顾延树说："刚刚走的那群人会买了冬衣送过来，估计也快到了。你别出门，下雪天路上滑。"

"哦……好。"惜光应道。

话说完了，惜光站在浴室门口，再次进退不得，尴尬地说："……你快点洗吧，别冻着了，有事情就叫我。"

她往外走了几步，又停下，转身冲着地面说："五十，你也跟我出去。"


唐素这天棋路顺畅，百战百胜。等她哼着小曲儿回家，就见自家外孙女抱着一堆男式的衣服往浴室走。

唐素叫住惜光："丫头，你在家里藏了男人？"

惜光想撞墙，大声否认："没有！"

唐素说："那你手里的衣服给谁的？咱们家浴室里有人？"

"没人！"惜光做贼心虚，两三句话就可以解释清楚的事，偏生她舌头打架，血液往脸上涌。

"没人就没人，你这么大声做什么？"唐素不满，弹了下她的脑门，"都多大的人了，还动不动就脸红。"

惜光欲哭无泪，顾延树还在里面等衣服。

她怕他冷，担心他着凉生病，索性都不管了，向唐素坦白，一着急就吼出来："我就是藏男人了！"吼完直往浴室冲。


十来分钟后。

唐素坐在炉子前烤火，对面是正襟危坐的惜光和五十。顾延树湿漉的头发还没有完全擦干，他见这阵势，放下毛巾，也走了过来，挨着惜光在她旁边的位置坐下，一副晚辈谦恭的样子。

唐素瞥了一眼顾延树，没有说话。

唐素心里还是有些责怪这个孩子的。她知道惜光对他的感情，也以为他们俩能好好在一起。但是两年前，惜光双目失明回到南遥，他却没露面，唐素心里难免有了疙瘩。

如今顾延树突然出现在家中，她的笑脸也收起来了，摸出口袋里的小纸包，卷起一根草烟来抽。

顾延树动作流畅地拿起一旁的火柴，划亮了，帮唐素点燃。

速度快得让唐素都愣了一下。

惜光不知道发生了什么，要是看见了，一定会忍不住笑，原来延树也会有这么积极的时候。

他性格冷清，为人处世存着七分淡漠。但面前的老太太是惜光最宝贵的亲人，他必然会珍重对待。

更何况，他确实心有愧疚。

唐素大概也不忍心，抽完一根烟说："小顾啊，来杀一盘棋……"

唐素下棋，喜欢用"杀"这个字眼，带着江湖中人的豪气和粗犷。棋盘之上千军万马，楚河汉界，纵横的路上，燃起战火硝烟，人仿佛真的融入到情境之中，输和赢都觉得畅快淋漓。

当然，这得碰到实力相当的对手，才能杀得起来。

顾延树毫无疑问是人选之一。


一盘棋下到尾声，双方只剩孤零几个棋子，还分不出胜负。唐素也猜到了，估计会是个和局。

顾延树这时候却分心，转头去看歪在沙发上睡着了的惜光。他起身拿过一床绒毯，给她严严实实地盖好。手顺势伸了进去，探一探她会不会觉得冷。触摸到柔软的掌心，一片温热，比自己的手指还要热乎些，又赶紧缩回来。

趴在火炉前昏昏欲睡的五十睁开眼睛，朝他看了看，又耷拉下眼皮。

顾延树坐回唐素的对面，低声说："外婆，我做得不好，没有照顾好她。空缺了两年的时间，若往前推算，还远不止两年，我亏欠她很多。但是我不会放弃，还想再向您讨要一个机会……"

唐素问："你能为她做到什么地步？"

顾延树说："非她不娶。"

唐素走了最后一步棋，尘埃落定，和局已成。她说："好，我再信你一次。"

延树，我还是有点怕的

第二天，顾家派人送来了一大堆顾延树需要服用的药。

惜光醒得早，去开门。对方犹豫地说："还有部分是中药，顾少的主治医生交代说要现熬才好。他睡了两年，虽然医生说只要能醒过来就没有大碍，但是谁都不放心，必须得让他做一个全身检查。医生今天就会带着设备来南遥，但是担心他到时候不太配合……"

惜光明白他的意思了。

他们因为担心顾延树不会配合，所以先过来知会一声，让她想想办法。

惜光裹着大棉袄，搓着手直呼气，仗义地说："放心放心，交给我。他要是不肯做检查，直接跪搓衣板。"

"……"

对方将信将疑，但过了不久，顾延树确实出门上了车，虽然全程冷着脸。

惜光坐在厨房里的板凳上，打开中药包上的绳结，准备研究研究，只能拿鼻子嗅了嗅。

唐素嘲笑她："果然跟五十是一家的。"

惜光也伶牙俐齿了一回，回道："我跟您也是一家的。"

"嗬，嘴皮子越磨越利索了啊……"唐素说，"准备煎药的时候叫我，别烫着了，不然又是个麻烦……"

惜光撇撇嘴："又被嫌弃了。"

冬日的阳光照耀进来，洒在脸上，冰冷的空气里有了一丝暖意。惜光仰头问："外面出太阳了吗？"

"对啊，昨天还下大雪，今天又出了太阳……"唐素也感慨。

"要准备出去走一走吗？"

"我走了，你一个人能成？厨房都会被你烧了。真是操碎了心，我发觉这几年老得特别快……"

"那一定是错觉。"


顾延树出去一趟，还顺带屯了不少年货回来，让人统统都搬进屋。

厨房里已经满是浓郁的中药味。灶上的砂锅"咕噜咕噜"地响，冒着白色的水汽。唐素和惜光在一旁剥豆荚，地上散落了一堆青绿色的壳。

顾延树脱了外套，放在椅背上，自然地拿过惜光手中的豆子，接了她的活儿。

"外边很热？"唐素问。

"嗯，突然热得不寻常。"

"这天气也怪……"

等到太阳落山，入夜之后，就更怪了。突然之间狂风大作，电闪雷鸣，吹得院里几棵玉兰树折了腰。没有关上的门窗哐当作响，晾在屋檐下的衣服，忘记及时收进去，有几件被卷到隔壁家的墙头上，唐素愣是没抓住。

唐素考虑到安全问题，让顾延树把电闸关了，屋内一片漆黑。

"风再这样刮下去，真的会把屋顶给掀了。"唐素说，"以前也遇到过一次这样的情况，南遥这片有一半以上的人家遭殃，房上的瓦被吹没了。门前种的树，堆的柴，全倒了。巷子口的老李家，晒了几箩筐的干辣椒放在洗衣板上，被吹得满天飞。第二天起来才发现整条巷子都被铺满了红辣椒，跟红地毯似的……"

惜光问："那今晚咱们还能睡吗？"

唐素说："当然能！咱们这屋的屋顶被补过一次了，很牢靠，不会有太大的问题。"说完她就打着手电筒进房间睡了。

惜光有点无语，把手上托着的哆啦A梦造型的小台灯给顾延树："我用不着这个，你拿着吧，我也去睡觉了，晚安。"

"你不怕打雷？"顾延树问，以前这可是她的死穴之一。

外边灰黑的天幕上惊现一道银色的闪电，轰隆作响，玻璃窗都被震了震。惜光岿然不动，面不改色："开玩笑，本姑娘怎么会怕这个！"


顾延树住在客房，丝毫不困。

靠墙的小书架上有几本被唐素淘汰下来的武侠小说，倾斜着放着。书页旧黄，拿台灯一照，灰尘四起。另一边的墙角还放着一台生锈的缝纫机和一只折了翅的风筝，都透着旧时的光影。

大风不曾停歇，偶尔炸响一个惊雷，这样的夜晚显得荒芜而格外寂静。

外面挠门的声音，顾延树听得一清二楚。

他原以为是那条忠心的金毛，打开门，却发现缩在角落里的是个茫然无措睁大了眼睛的小姑娘，抱着鼓鼓的枕头，轻声对他说："延树，我还是有点怕的。"

顾延树失笑，伸手把她拉过来，牵到自己身边。

惜光说："五十在窝里睡得太香了，一百个雷都吵不醒。"她还想为自己丢脸的行径找个借口，想来想去，只好扯到无辜的金毛身上。

顾延树也不戳破，只是摩挲着她的手问："冷不冷？"

惜光摇头，一脸认真地解释："掌心凉只是因为吓出冷汗来了。"

顾延树倏然抚了一下她的脸颊，从眼睑到鼻梁，指腹向下划过，稍纵即逝的温度："脸上这么冰，也是被吓的？"

惜光说谎被识破，低着头感觉十分尴尬。她其实是有点冷来着，尤其是双脚。

"厨房那边堆着的木柴可以烧吗？"顾延树问。

"啊？"惜光说，"……可以。"

"那过去吧。"


老人家喜欢烤明火，尤其是唐素这样豪放不羁的老人家，觉得只有把木柴架起来，看着火苗噌噌地往上蹿，才有围炉夜话的气氛。

所以家里备着木柴和火盆。

顾延树很快把火点燃，干燥的木头熊熊燃烧，驱散冬夜里的寒冷，让人忘了窗外呼啸的狂风。

只是雷声突然一响，惜光就是一个战栗，提心吊胆地往旁边的椅子上靠一靠，过后又挺直身子，悄悄挪回去，装作什么也没发生。

"偷油的老鼠都比你胆大。"顾延树一边说，一边把大衣往她身上一裹，整个儿抱到膝上，双手环住她。

温热清浅的呼吸很近，像羽毛一般拂过耳郭，惜光紧张得无以复加，僵直着背脊，一时不敢放松了靠上身后的胸膛。

"……我其实胆子很大，跳楼机、过山车都不怕。"这句反驳过了一两分钟才响起，惜光尽量稳住声音，"……我还敢徒手抓青蛙。"

顾延树说："嗯，听上去是很厉害。"

惜光笑："那当然！"不觉间神经舒缓下来。

"把脚也烤一烤。"顾延树看见她裸露的一小截脚踝。

"哦……"惜光慢吞吞地蹭掉拖鞋，露出两只光脚丫，窘迫地踩在鞋面上，不知怎么有点难为情。

"鹿惜光，你多久没剪脚趾甲了？"顾延树突然问。

惜光脸红："明明前阵子才剪过的！"她的声音沮丧，"我又看不见，剪得肯定跟狗啃了一样难看。"

顾延树心里酸痛，像被不经意扯动了那根弦，猝然划破了皮肉。他把她抱得更紧，牢牢箍住，一贯冷清的声音中带着温和："没有，不难看，我帮你修一修，只是可能技术也一般。"

惜光呆愣，没想到顾延树会说出这样一番话。等回过神，顾延树已经去客厅的竹箩子里拿了指甲钳过来，也就是几十秒的时间。

脚掌被手托起，所有的感觉都凝聚在了上面，分外敏感，她忍不住缩了缩脚指头。

"别乱动。"

"痒……"

顾延树却特意再挠了一下。

惜光咯咯地笑，想把脚收回，又被按住。

"好了，不闹了。"

带着薄茧的手把她的十个脚指都细致地剪了一遍，然后用背面的锉片一点点把棱角磨平。惜光的脚背不自觉又绷起来，白皙的皮肤下显现出淡青色的血管，原本还觉得冷，现在背上都快要冒出一层薄汗。

面前的火盆里偶尔噼噼啪啪迸出一两颗火星，外边终于没有了闪电和雷声，狂狷的大风呼呼刮过，好像形成了某种节奏。

惜光这晚总是一惊一乍，这时身上和手脚都暖融融的，渐渐松懈下来，有了倦意。

年轻真好啊，

一大早就可以秀恩爱……

惜光完全不知道自己昨晚是什么时候睡着的，醒来还迷糊，下意识做的第一件事竟然是去摸自己的脚指甲。

　　马路上围了一圈的左邻右舍，纷纷在讨论昨日那场天劫，各自掰扯着家中的损失，十分热闹。再过两天就是新年，都计划着怎么也得在年前打理好，该修屋顶的修屋顶，该补玻璃的重新去补好玻璃。

　　唐素也端着豆浆站在院子里，看一看有没有瓦片被风刮下来。好在情况乐观，只有西南角上缺了点。寻思着屋内还堆着一些陈年旧瓦，应该补上几片就可以了。

　　顾延树已经一言不发地搬了木梯子出来，准备爬屋顶。

　　唐素夸道："行动很快嘛。"

　　等惜光出来，唐素扶着梯子，还不忘给她分配任务："来把院子扫干净，树叶吹得到处都是。"

　　顾延树站在高处，朝下面说了声："您别欺负她。"明知道老太太只是开玩笑，惜光眼睛不方便，不会真让她打扫，却还是开了口。

　　惜光循着声音抬起头："延树，你在上面吗？"

　　"嗯。"

　　"补屋顶吗？"

　　"嗯。"

　　"那你小心点，注意安全呀。"

"好。"

唐素感叹道："年轻真好啊，一大早就可以秀恩爱……"

五十在檐下的小盆里喝水，朝这边看过来，一脸呆萌样儿，"汪！汪！汪！"地叫着。

思来想去，唐素发现门口还差了一副喜庆的春联："我说怎么老觉得还缺点什么，门框两边光秃秃的。"

惜光问："要去买吗？"

唐素打趣她说："你家延树写得一手好字，现场来，笔墨伺候。"说完还要补充，"本来我的字应该也拿得出手了，但既然他现在在这里，就用不着我出手了。"

顾延树以前来南遥，陪老太太练过字，第一次挥毫落笔，就得到了她的青睐。

惜光小声说："您怎么好意思哦……"脸皮真厚。

唐素所说的现场笔墨伺候，就是把笔墨纸砚拿出来，一溜儿摆在院里那块洗衣服的石板上。顾延树把吸水的毛毡平整地铺好，正丹纸展开，磨墨，有条不紊地进行。

惜光只听见轻微的窸窸窣窣的声音。等到他真正提起笔杆，浓墨浸透纸背，行云流水地游走，反倒消了音。

她有些遗憾此时不能亲眼看看他认真的侧颜和凝神的眼睛，不能观摩他每一个细微的动作和手指弯曲的弧度。

而顾延树一气呵成，已经放下笔，静默地看她，忽而提议道："除了春联，还有灯笼要挂。"

"对哦，还是得出去一趟，买一对回来才行。"

南遥当地的小商铺没有采购灯笼回来卖，惜光和顾延树只好走远路，准备去汽车站附近的超市。

惜光戴着厚厚的毛线帽和围巾，一手拎着保温杯，里面灌好了热茶。空出来的一只手犹犹豫豫了半天，才往旁边伸，不知怎么恰好就落进了顾延树的臂弯，挽住了他。她不自然地讪笑："……这样就不需要盲杖了，比较方便。"

他们沿着马路，走得不快，颇有点悠闲的味道。

年关将至，各处都要比往常热闹很多。大人闲聊拉家常，叽里呱啦。小孩儿打闹的声音尤其生动，哭和笑杂糅在一起，赌气时放的狠话让人忍俊不禁。等到了房屋稀疏的地带，才安静下来。

惜光翘着嘴角，始终带着笑："延树，咱们等下记得买点牛肉干回去给五十，这次没带上它，回去了会闹的。"

"好。"


超市里熙熙攘攘，人头攒动。

顾延树小心护住惜光，避免她被过道上的人群撞到，直接找到正确的区域，在相应的货架上拿了灯笼，再拿了肉干，五分钟内完成此次购物的全过程。

截然不同于身边来来往往的人，推着购物车一路逛。

惜光还懵懵懂懂地问他："咱们现在就可以回去了？"

顾延树顿了一秒，说："再等等。"

视线从斜前方花花绿绿的糖果上划过，方形的糖盒子堆砌成一座彩色的城堡，莫约有两米高。最惹人注目的是城堡顶上放置的一盒巨大的心形巧克力。顾延树径直走过去，拿下来给惜光抱着。

不少小孩儿都巴巴地望着他们俩。

惜光摸索着怀里体积庞大的盒子，敲了敲，不解地问："这是什么？"

"巧克力。"顾延树说。

惜光受到了惊吓："这也太夸张了吧，我吃完估计得胖成球。"

顾延树低头，捏了把她清瘦的脸，说："那你可还差得远。"带着低沉笑意的声音戏谑地响起，"你这样顶多算根球杆。"

惜光朝他身上一头撞过去，咬牙切齿："顾——延——树——"

LINSHENSHIJIANLU

我和你分别以后才明白，

原来我对你爱恋的过程全是在

分别中完成的

年夜饭是唐素和顾延树一起张罗的，据说顾延树还是主厨。

惜光不知道菜色如何，只觉得香味扑鼻而来，分外诱人。五十守在门口，也不去院子里疯跑了，老老实实等开餐，扑哧扑哧地流口水。

顾延树陪唐素喝了点酒，惜光面前放的是一杯新鲜的橙汁，五十喝骨头汤，各有各的安排。

左右两边总是时不时夹一筷子菜过来，惜光的碗里堆成一座小山，快要放不下了。唐素说："我家丫头能吃，要换个大盆了。"

连顾延树也笑了一声。

惜光嘴巴里包了满口的饭，不能说话辩解，愤愤地嚼，腮帮子一鼓一鼓的。


晚上围着炉火守岁，外头的爆竹声响个没停。等春晚开始了，唐素又说要去客厅开电视看小品。

惜光和顾延树陪着她，一个负责消灭零嘴儿，投喂五十；一个浏览了一遍手机内的邮件后，就干坐着。

"你们俩不出去玩？"唐素问。

惜光笑眯眯，说："我就想陪着您呀！"

"别腻歪我，"唐素喝了口茶，"是你自己懒，不想动。"

"真是伤心太平洋啊……"

"你少贫……"

顾延树盯着前方，听她们拌嘴，唇边蓦然浮起一个浅淡的笑。

时间再晚一点，惜光出去打了一个电话给远在 H 市的骆南舟。

骆南舟似乎在外面，那头比她想象中的要热闹。两人你一句我一句闲散地聊着，想到什么就扯什么。惜光讲今年下半学期，班上来了一个外地的转学生，嗓子又甜又软，唱歌跟邓丽君一样。南舟说书店生意还过得去，种了一盆鸢尾，照料很久才养活，六月末的时候开了一次花……

骆南舟问："惜光，你这两年过得好不好？"

惜光说："我很好，还胖了四斤。"

骆南舟便不再问下去："新年快乐。"

惜光微微笑："南舟，新年快乐……"

挂了电话，惜光再回客厅，唐素就开始犯困了，毕竟一年一年过去，她的身体也大不如从前，精神容易疲乏。

唐素从棉袄内侧的口袋里掏出两个早就准备好的红包，给惜光和延树一人一个："好了，你们继续守岁，我回房睡觉，眼睛乏，熬不住了。"

惜光对她说了一长串的吉祥话，乖乖收妥红包。

顾延树虽然不太清楚这个，但胜在记性好，复述一遍惜光的台词，一个字也没漏掉。

央视的春晚还在继续，惜光往上拉了拉膝上的毯子，忽然想起问："延树，你今天的中药喝了吗？"她每天早晚不忘督促一遍，像个定好了时间的闹钟。

"那天检查的结果出来了，没什么问题。"顾延树说。言外之意是，我身体很好，药可以停了。

惜光不满地嘀咕："那你也得把今晚的那碗解决掉，我熬了很久。"又刻意强调，"亲自熬的！差点烫伤手。"

顾延树起身，去厨房。喝完药回来手上多了杯热牛奶，塞给了惜光。

惜光闻到气味，觉得有点腥膻，好像是老太太给她买的那一罐奶粉，之前并不太喜欢。十指捂着杯身，在掌心不厌其烦地转来转去，玩了一小会儿，他也没见她仰头喝下去。

顾延树说："暖胃。"顿了顿，"我亲自冲的。"

惜光无形之中感受到一种压力，关键时候就该识时务。她一蹬腿，一鼓作气将牛奶灌进嘴里，把杯子还给顾延树："我喝完了！"

"以后每天早晚一杯。"

"噗——"


"延树……"

"又怎么了？"

"你把电视机关了，咱们来聊天吧？"惜光提议。

前方的屏幕熄灭，歌声戛然而止，顾延树把遥控放回原处，询问她："你想聊什么？"

惜光回答得迅速又真诚："不知道啊。"

顾延树揉了下眉心，黑曜的眸中满是无可奈何。

惜光说："我想看小说，不如你读给我听？两年前我刚回南遥，老太太特心疼我，每晚给我念几页书解乏。但她做事三分钟热度，也就心疼了我不到一个星期，《白马啸西风》的第一章都还没念完……"

顾延树很懂她，推断说："应该是你听着打瞌睡，老太太恨铁不成钢，挽救了一星期没成效，才放弃你。"

惜光一脸惊愕，问："外婆跟你说了这事？她是不是又爆我的料了？"

顾延树说："没有。"

惜光一颗心落回肚子里，说："实在是她念得没有感情色彩，语调没有起伏，从头到尾干巴巴的，真的很催眠。"她说完，拉了一下顾延树的袖子，心虚地问，"外婆的房门关没关？她应该睡着了听不见吧？"

顾延树说："你明天说给她听。"

惜光缩了缩头："我不敢，怕挨打，屁股会肿。"

"小时候请家庭教师来，语文老师反映情况，说她一朗诵课文，你就睡觉，不但叫不醒，还流口水。"顾延树接着投掷出一颗炸弹。

惜光被炸得一跳，激动地辩解："我哪有！是她念得没有感情色彩，语调没有起伏，从头到尾干巴巴的，真的很催眠。而且我绝对……绝对不会流口水！"

"不行，今天本姑娘必须要证明给你看。"惜光说，"延树，你来读，我听着，你看我会不会睡着！"

顾延树问："读什么？"

惜光手一挥，说："随便。你读什么我都扛得住。"她猜顾延树会读《射雕英雄传》，这本书是唐素的最爱，她历来喜欢放在客厅的茶几上，没事就翻一翻。

结果顾延树一开口就是："钱塘江浩浩江水，日日夜夜无穷无休地从临安牛家村边绕过，东流入海。江畔一排数十株乌桕树，叶子似火烧般红，正是八月天时……"

片刻之后，听见的却是另外的字眼，散落的诗行：

当你老了，头发花白，睡意沉沉，

倦坐在炉边，取下这本书来，

慢慢读着，追梦当年的眼神，

你那柔美的神采与深幽的晕影。

多少人爱过你昙花一现的身影，

爱过你的美貌，以虚伪或真情，

唯独一人曾爱你那朝圣者的心，

爱你衰戚的脸上岁月的留痕。

炉罩边低眉弯腰，

忧戚沉思，喃喃而语，

爱情是怎样逝去，又怎样步上群山，

怎样在繁星之间藏住了脸。

外面喧闹，屋里寂静，冷清而低沉的声音并无起伏，一路背诵下去。惜光却心跳如鼓，被每一个字牵引，无边无际的黑暗中，听觉被放得无限大。

顾延树问："打瞌睡吗？"

惜光没说话，她哪里还会打瞌睡，血液流通速度加快，身体内每一个细胞都变得活跃，脑神经十分兴奋。

她心里想的是，延树，你这样一来，我还真扛不住了。

惜光快要怀疑顾延树往刚才那杯牛奶里加了高浓度的酒精，不然她怎么会像一个喝醉酒的人一样微醺，如同受到那嗓音的蛊惑。她问："你读的什么？"

顾延树说："叶芝的诗，《当你老了》。"

惜光说："这听起来好像一首情诗。"

顾延树说："本来就是。"

惜光觉得自己是真醉了，所以还敢觍着脸叮嘱顾延树："你以后不要随随便便给女孩子读情诗，这样不好，很容易招蜂引蝶……"

顾延树冷然打断她，说："我不随便。"

"我知道……"惜光今晚脸皮比城墙还厚，嘻嘻地笑了一声，说，"你一点都不随便，你只读给我一个人听。延树，你敢不敢现在对我说——我喜欢你？"说到最后，她紧张起来，就像是半真半假的玩笑话，自己却先当了真。

"我爱你。"顾延树说。


桌上的手机在不断振动。

各种电话打进来，陆婉凉的、顾长行的、工作助手的、合作方的……不是因为新年祝福，而是顾氏公司的资金链出了问题，已经到了岌岌可危的程度。在他昏迷的这两年里，因为公司高层的一些决策失误，方向逐渐走偏，累积的经济危机无可避免地降临。

陆婉凉的简讯上，只有两三行字，却说得很清楚。

"惜光，跟我回Ａ城治眼睛好不好？"

惜光上一秒还按着悸动的胸口，这一秒脸色刷白，伤疤被陡然揭开。

"你要回Ａ城了吗？"她叹息地笑着说，"延树，好像每次你告白完，后面都有惊雷在等着我啊……"

顾延树说："我想要你和我一起回去。"

惜光说："元宵节那天，南遥这边的小学就要开学了，我还得去上课呢。"她佯装平静地站起来，走两步就绊到茶几，但很快稳住前倾的身体。

她知道顾延树就在她的身后，但她就算回头，也只能是穿不破的漆黑一片，像曾经看过的凌晨三四点钟的夜。

她说："延树，你来南遥，我很开心，好像从来没有这么开心过。但我其实从你来的时候就知道，你有一天会走的，你不属于南遥。"所以她分外珍惜这几天相处的时光，逃避现实一般，对过往一切不闻不问，只要这个人平安无事的在眼前，就胜过一切。

但他总该要离开，回到属于他的那片广袤天地。

他是顾延树，他值得最好的。

真正喜欢一个人，大约就是这样，想给他最好的，哪怕那个最好的不是自己。

这样的喜欢，应该可以称之为爱了吧。

王小波对李银河说，爱你就像爱生命。我和你分别以后才明白，原来我对你爱恋的过程全是在分别中完成的。

惜光只要稍微回忆，就觉得时间已经过去很久，从小时候遇见开始到现在，她和顾延树分开过很多次。她听说分开之后，爱恋也会越来越淡，但她却觉得这份感情在一点一点增加，渐渐把整个胸腔都填满。

或许，这其实是专属于她一个人的爱恋的全过程？

零点就要到了。

火树银花不夜天。

璀璨的烟花腾空升起，金色的光影映照着她的脸。她带着无限遗憾对他说："延树，抱歉了，这一次，我恐怕没有办法跟你走。"

你可以不跟我走，

但是你不能阻止我来

南遥小学的升旗台后面长着一棵茂盛的玉兰树，枝丫往外伸展，像一把大伞。树下稍高的位置上挂着一面铜锣。下课时间一到，就有老师拿着槌子从办公室出来，走到树下敲十二下。

大群的熊孩子从各个教室里拥出来。

惜光收了课本，被门口的一个声音叫住："小唐老师，今天就拜托你给肖二胡做思想工作啦。我看他平常比较听你的话，你跟他好好聊一聊……开学才两天，他家长已经来了四次学校了，真是让人头疼……"

惜光点头："没问题，我去找他说说。"


放学后，肖二胡同学被留校了。

惜光常常在办公室听其他老师描述，说肖二胡有点胖嘟嘟，脸颊还带着婴儿肥，看上去白净可爱，乖巧讨喜，跟个善财童子一样。但是千万不要被他的表面给迷惑了，这孩子其实就是个小恶魔。

惜光说："二胡，你今天是不是又捣蛋了？"

肖二胡说："没有，我一直在好好学习，天天向上。我每天都在课堂上学到了很多宝贵的知识，长大以后要报效祖国和人民。"

惜光好笑，问他："谁教你说的？"

肖二胡说："我爸爸。"

惜光问："那你跟我说说看，你都学到了些什么？今天我教的那首古诗，你能背诵出来吗？"

肖二胡不太好意思地说："会背一点,《咏鹅》,饿饿饿……"

惜光问:"再考你一个数学题,4 加 6 等于几?"

肖二胡说:"……46?"

惜光沉默了。

肖二胡见小唐老师脸色不对,立马改口:"64!"

惜光说:"还好你的数学老师不在这里,不然你就惨了。"

肖二胡问:"我的答案不对吗?"

惜光说:"你今天晚上回去记得去数一数火柴棍,就能知道正确答案了,明天再来告诉我。"

肖二胡想在小唐老师面前挽救形象,说:"老师,我其实还是很聪明的。我知道中国的首都叫北京,法国的首都叫巴黎,英国的首都叫伦敦,韩国的首都叫首尔,朝鲜的首都叫平壤,印度的首都叫新德里,哈萨克斯坦的首都叫阿斯塔纳,土库曼斯坦的首都叫阿什哈巴德,塔吉克斯坦的首都叫杜尚别……"

惜光说:"你好厉害。"

肖二胡同学笑了:"我爸爸教我背的,他说背出来就能显摆了。"

惜光又沉默了,这孩子他爸三观似乎不太正啊。

"小唐老师,你男朋友又来接你回家了!"肖二胡突然指着校门口的方向大叫。

"小孩子别乱说话。"

"我没乱说,你别以为我是小孩子就什么都不知道。那个人每天这个时候都来我们学校,站在那棵树下等你。你的金毛狗还听他的话,跟他特别亲近,你们肯定是一家人,你还不承认!大家都说你们俩是一对!"

肖二胡还盯着那个人影义愤填膺，积极地跟惜光告状："好多女同学都在偷看他哦，不怕羞！有一年级的赵丹丹，四年级的周梓心，五年级的陈小晨……"

惜光无语。

肖二胡积极地说："小唐老师，我去帮你把她们都赶走！"

"你给我回来……"惜光叫都叫不住，一阵脚步声已经跑远。

顾延树才从 A 城过来，踩着时间赶到，又听见了这所学校别具一格的十二下铜锣声。

背着书包的孩子成群结队地从里面出来，胸前的红领巾皱皱巴巴，颜色却鲜艳。一时热闹非凡，好比闹市。

却迟迟不见惜光的人影。

过了一会儿，四周逐渐安静，才看见她和一个胖嘟嘟的男孩儿在升旗台旁边说话。隔得不太远，可以看清楚那孩子丰富滑稽的表情。惜光脸上带着笑，偶尔又皱起眉，模样有点愁人。微凉的风送来说话声。

马上，那孩子就朝他跑过来。

"问你一个问题，你是小唐老师的男朋友吗？"

顾延树微挑了一下眉，低头注视肖二胡同学。

肖二胡忽然觉得胆怯，仰得脖子都像要断了，但是绝不退缩，故意装作凶巴巴地问："你要是敢对小唐老师不好，我长大以后就来娶她！"

顾延树万万没想到，人生中遭遇的第一个敢朝自己喊话的情敌竟然是个六七岁的孩子。看来惜光在南遥这里教书，也不是十分稳妥。

"你恐怕没有这个机会了。"

惜光拿着盲杖出来，往家走。

今早下了一场雨，中午才停，地面潮湿，还残留着积水。鞋底摩擦而过，牵连起一串细小的水珠，把裤脚的底部浸湿了一圈。

她确定顾延树就在身后，重叠的脚步声，一下一下响在冬末森冷潮湿的空气里。她现在喊一声他的名字，或者随便说点今天在学校发生的趣事，他都会听着，或许还能偶尔做出回应。

这是第多少天了？

她没有答应他一起回城，本以为这次又是再分开。

但是她没有料想到会变成现在这个局面。顾延树确实回了 A 城，但是却衍变成在南遥和 A 城之间往返，他每天有大半的时间耽搁在路上。

两个人相处，总是有一方在无形中或是明显地迁就另一方。

"延树……"

"嗯。"

"这样很辛苦吧。"惜光能听出他声音里隐隐的倦意，每天来回奔波，他应该会很累，"其实你可以不用这样做，我留在南遥教书也很好，和老太太还有五十一起过平淡的生活，你可以安心在 A 城忙自己的事业……"

顾延树的声音冷清低沉，夹杂着一丝愠色。

他说："惜光，你可以不跟我走，但是你不能阻止我来。"

晚饭之后，顾延树继续办公。

唐素对他这次的行为大加赞赏，心中欢喜，积极地给他腾出了二楼的一间房，稍加布置之后，可以用作书房。

虽然简陋，但干净整洁，也还算宽敞。颇有年代感的书桌和雕花木椅摆在靠窗的那侧，一盏酞菁蓝的琉璃台灯还是从当年装嫁妆的箱底翻出来的，还有悬挂在灰白墙壁上的摇摆圆钟，样样都是老古董。

有一次，顾氏的好几个高层深夜赶来找顾延树。大概那边又发生了什么大事，在电话里说不清楚，需当面谈。

顾延树坐在书桌前，身上穿着一件暗白的棉麻衬衣，他低头看书，叠高的文件后露出半张轮廓清俊的脸。手旁的棕褐色瓷杯中冉冉升起热雾，茶叶在杯底舒展沉浮。

众人步履匆忙，一路冲到了书房，却霍然停住，拥堵在门口，霎时就安静下来。

他们还以为穿越了。


唐素在楼下嗑瓜子，把这件事当笑话说给惜光听："你那天睡得早，没看到当时的情形……"

"我要是没有睡觉，也看不到。"惜光说。

唐素用手肘捅了捅她："你这是怎么了，怎么突然又闹别扭了？"

惜光俯身，躺倒在她腿上，像只鸵鸟一样把头埋到围巾里。

唐素觉得这时候有必要好好跟这个死心眼的丫头谈一谈，问道："为什么不敢跟小顾去检查一下眼睛，你当时劝他去检查身体倒是很积极啊。"

惜光说："这完全不一样，是两码事。"

唐素问："怎么不一样啊，你跟我说说。"

惜光说："我的眼睛就这样了，没办法了。曾经有一段时间，南舟陪着我折腾了很久，我们去各种医院，但是到最后也没有效果。"

她闷声闷气，揪着围巾，不肯把脸露出来，掩住眼中狼狈的泪意："那时候我心灰意冷，后来熬过那一阵，慢慢接受这个事实，努力想着怎么适应新的生活，才缓过来。我不想再尝试了，觉得现在这样挺好的。"

唐素心里也泛起一阵难受，瓜子嗑不下去了，劝解道："你不再去尝试一下，怎么会知道结果？"

"但如果一直治不好呢？"惜光说，"我不想到时候，有个医生对延树说，鹿惜光要瞎一辈子。

"所以……我也不能跟他去Ａ城哪。如果我留在南遥，我还能教教书，有你和五十，有那么多老街坊，有那么多孩子，你们都不会笑话我，不会欺负我。如果我去了Ａ城，就什么也做不了了，连去超市买一桶泡面都不容易，我根本不敢想象还会遇到一些什么困难。

"这样一来，全部的问题都得依赖延树来解决，但是我不能成为他的负担啊……"

唐素原本想炖一锅心灵鸡汤，这会儿才发现火苗太弱，不能成事。

惜光心里清明，有些事情别人不说，她自己已经率先想了百八十遍，慢条斯理地理出头绪，开始做打算。

就像当年她被陆婉凉遣送来南遥，她无时无刻不在计划着回Ａ城，再见顾延树一面。而她也确实做到了，甚至考上他所在的大学。而如今，她固执地不肯再回Ａ城，似乎也是铁了心。

　　唐素忽生一种挫败感："那你们俩就这么耗着？小顾这么忙，也不能总是两地跑。"

　　"我今天跟他提了，让他安心在 A 城，但是他好像没答应，还生气了。"

　　"你们真是两头倔牛，天生一对。"

第
二
十
九
章

你们年轻人分开之前

有告别的吻吗？

连续半个月的高强度工作，让顾延树的睡眠质量变得很差。

凌乱而荒诞的梦境，混沌不清。模糊的人脸和熟悉的说话声，撞击着他的神经，但是他怎么也辨认不出那些身影是谁。

这一晚，梦境中的画面却慢慢清晰起来。

那是宋家的后院，四处种的全是同一个品种的绿萼梅，白花绿萼，早春三月开花，那时大雪早就消融，不落下一点痕迹。一眼望去，日光之下，唯独宋家仿佛处在浮云山巅，还完美保留着满园的皑皑白雪。

青绿的条条小枝，被满树的花瓣压得很低，犹如一床床纯白雪被。

雪被下躲着一个孩子，是还没有长大的惜光。她噘着嘴，捏着衣角在生闷气。

宋渝生走过去，手里捧着许多零食，一股脑儿全倒给她："怎么一个人？延树呢，怎么没和你一起过来？"

惜光还在生气，一边拆零食袋子，一边不满地哼声。

宋渝生笑："看来你们俩吵架了。"说着在草地上陪着惜光坐下来。

惜光倒了一把糖豆子在手心，再一齐吞进嘴里，跟谁有深仇大恨似的，用力地嚼，眼睛瞪得老大。她瞪了一会儿，兴许是气消了些，伸手去抓垂下枝头的梅花，还是忍不住大喊一句："延树是坏蛋！"

顾延树醒来，靠着床头坐了许久，仿佛还没有从梦境回归到现实。

他隐约记得，确实有那么一回，惜光和自己吵了一架。

两人闹矛盾的由头，他已经无从记起。只是那次，好像事态比较严重。惜光赌气，还离家出走了。

说是吵架也不准确，顶多算是惜光单方面闹脾气。顾延树话少，两个人根本吵不起来，估计惜光还没吼上几句，顾延树那边就先冷了场。

那时候离家出走对小孩儿来说，是一件大事。

但惜光不敢走远，去的也只能是宋家。宋渝生脾气好，是个小绅士，除了顾延树，惜光最喜欢和他待在一起。宋妈妈人也好，和蔼可亲，又是个大美人，见着惜光总是拿糖给她。所以惜光喜欢他们一家人。

顾延树不用猜，就知道惜光去的是宋家。

寻过去，宋妈妈立即告诉他，小惜光今天好像不高兴，阿生把客厅里一半的零食都搬过去给她了。

顾延树从宋家的后院一路找过去，头顶仿佛有日光和雪花一同倾泻而下，终于在某一棵树下找到了闹别扭的惜光。

惜光鼓着眼睛瞪他，像金鱼，然后低下头继续发泄似的吃东西。宋渝生朝他招了一下手，眯着眼睛笑："延树，快过来道歉，你惹惜光生气了，一定都是你的错，怎么不让着女孩子一点……"

惜光满脸都是赞同，努力点头附和："就是！怎么不知道让着女孩子一点！"

顾延树忽略两人的对话，在他们身旁坐下，把惜光兜在面前的膨化食品拿出来一些，相当于没收，不让她吃太多。

他的这一行为再次得到了惜光的抗议："顾延树，吵架你都不让着我，现在又没收我零食，还有没有天理了，我要报警……"

顾延树看着她眼角摇摇欲坠的两滴眼泪一怔，恍了神，大包的炸虾条又被她抢了回去。那两滴眼泪也瞬间倒退回眼眶，仿佛被蒸发掉了。

后来的结果是，惜光因为吃太多的零食，导致急性肠胃炎，上吐下泻，折腾着瘦了一圈。

顾延树暗暗自责，想着那天就应该没收她的全部零食，不该心软。

宋渝生也自责，后悔地跟他说起："当时见惜光不开心，就想让她多吃点东西，过一会儿自己就能把不愉快的事都忘了。我哪知道她肠胃这么不好，我以后都不敢送零食给她了……"

"别啊……"惜光这下真的哭了。


这些画面，顾延树回想起来，仍然历历在目。

只是他睡了很长的一觉，足足睡了两年。醒来以后，说是沧海桑田换了人间也不为过。宋渝生已变成一块冰冷的墓碑，惜光双目失明。他仿佛成了古时典故中的烂柯人，好似在山中观了一盘棋，手边的木头斧柄已经完全腐朽，下山后发现物是人非，白云苍狗。

有那么一刹那，他几乎不能承受生命不断加诸在他身上的这些痛苦。

他是顾延树，他比任何人都冷静自持，但无法再一次容忍失去鹿惜光。所以他做了一件与冷静自持丝毫不搭的事，他每天花很长的时间往返在南遥与A城之间，这在旁人看来不可思议。

可他宁愿如此。

凌晨六点，司机已经在院门外等。

闹钟响了三声，顾延树收回思绪，掀开被子下床去洗漱。下楼时，发现惜光今天也起了早床。

凌晨冷清的客厅，她坐在桌前，身上还穿着白色睡衣，头发散乱着垂在肩上，遮挡住大半张侧脸。一手搭在桌沿上，一手撑着脑袋，她旁边的窗扉紧闭，玻璃上映出一层微弱的浅色的冷光。

"惜光？"顾延树不确定她是否睡着了。

"嗯……"她应道，还带着点早起时的鼻音。

她原本是想偏头看他，只是角度有些偏颇，他站在楼梯上，她的眼睛却对着楼梯左边的墙壁，脸上带着稍显迷糊的笑。

顾延树走到她面前，搭上她身后的椅背，微低了头问她："今天怎么起这么早？"

惜光揉了揉脸颊，替自己醒醒瞌睡："我之前答应了杨老师帮她守三年级的晨读，今天要早点去学校。"

"她能拜托的应该不止你一位老师。"顾延树的声音里有显而易见的不满。

惜光笑："这说明我的人缘好嘛。杨老师也确实是有事，才拜托我的，我也不好随口就拒绝她呀。"

顾延树说："你可以告诉我，我替你拒绝。"

惜光默默地在心里脑补了一下延树和杨老师同框，他冷着一张脸说话的画面，不由得"扑哧"一声自己先乐了。她笑着说："好……下次再有这样的情况，我一定会向你求助的。你现在要出门了吗？"

顾延树看了眼腕上的手表："嗯。"

"那你快点走吧，别耽误了时间。"

"不急。"

顾延树端起惜光面前的水杯，喝了一口，是味道偏苦的茶。惜光用来提神的。他打开一盏灯，去了厨房，悄然把浓茶换成牛奶，然后才出门。

过了一小会儿，惜光听见院门外汽车发动的声音，唐素也从房间里出来了。老太太随手打开收音机，屋子里就热闹起来。

"小顾走了？"老太太问。

"对啊，刚走的。"惜光喝了口牛奶，感觉不太对劲，自己好像起床的时候往杯子里撒的是把茶叶，难道是自己记错了吗？

"你没出去送送他？你们年轻人分开之前有告别的吻吗？"老太太又问。

惜光舔了下嘴唇，把杯子放回桌上，劝说道："外婆，老人家这么八卦不好。"

"你懂什么，这叫对生活充满了好奇和热情！"唐素点燃一根草烟，抽了两口，跟惜光显摆，"看看咱们南遥这地方，方圆五百里之内，你还能找得出活得比我更带劲儿更逍遥的人吗？"

"当然不能。"惜光恭顺地点头哈腰，"您就是东方不败。日月神教，文成武德，泽披苍生，千秋万载，日月教主，一统江湖。"

"夸得过了点啊！"唐素拍了拍身上的烟灰，"今天早上我们俩吃点什么？"

惜光说："我去小街口摊子上买吧？"

"不用你去买，"唐素拿定主意说，"我去煮粥。"

惜光无语："那您还问我干什么？"

唐素说："问着玩的。"

"教主您真会玩。"

唐素进厨房之前换了个频道，惜光忽然觉得背后刮过一阵冷风，马上听见收音机传出一阵诡异的背景音乐："亲爱的观众朋友，欢迎收听'张震讲鬼故事'"。

惜光秒速捂住耳朵，大叫："不带这么玩的啊——"五十是被她这一声给吵醒的，迅速从窝里窜出来，跑过去蹭她的小腿。


当天傍晚，顾延树没有回南遥。

他打来电话告诉惜光，说是因为生意上的事情，临时要出国一趟，并不确定要在那边待多长时间，但是一定会及早赶回来。

惜光在给五十喂胡萝卜丁，静静听了，只是叮嘱他按时休息，不要太累。稍微一想，这段时间里让他劳碌奔波这么累的人，似乎正是她自己。

惜光忽然不知道该说些什么，而顾延树也确实很忙，两人匆匆就结束了通话。

惜光握着手机出神，掌心里的胡萝卜已经被五十慢慢吃完了。它用舌头舔了舔惜光的指尖，求表扬。

惜光摸了摸它的头："好样儿的，下顿咱们接着吃蔬菜吧。五十，你不能老吃肉，太胖了会跑不动，那样我都不能带你出去遛弯了。"

五十懒懒地趴在地上，表示拒绝的意思。

LINSHENSHIJIANLU

喂，你就是

唐老师家的小瞎子？

近来几天的天气渐渐暖和起来，又刮着点和煦的风，南遥小学预备组织一场放风筝大赛。

各班的老师都鼓励孩子们自己动手做风筝，一点一点地教。惜光小时候就喜欢捣鼓这个，但现在她看不见，一不小心就被剪刀和竹签划破了手。大家纷纷拒绝她帮忙，这时候也就没她什么事了。

现在一到下课时间，校园里都安静不少，大家都待在教室里赶工，连一直很活跃的肖二胡小同学也消停了。

"小唐老师……"

听到这么一声声情并茂的呼喊，惜光立即在心里否定了刚才的想法。

"二胡你怎么了？"

"小唐老师你快跟我去看看，那边有人快死了！"肖二胡跑得气喘吁吁，拉着惜光往校门口走。

惜光被吓得不轻："怎么回事？"

"有个六年级的男生吃了凤凰蛋，就要死了！"肖二胡跟惜光报备，"我奶奶跟我说，凤凰蛋有毒，吃了会挂掉的！我刚刚都劝他们不要碰了，结果他们还敢吃，真是蠢死了！"

肖二胡老是把"死不死的"挂在嘴边，弄得惜光也非常紧张。面前早就兵荒马乱一片，其他老师也闻风而动，赶到事发地点。

其实事情也没有想象中的那么严重。

校门口两边的花坛里栽着的几棵铁树结了果，橙红色的果实十分惹眼。有淘气点的学生好奇掰下来，想尽办法砸碎了壳，被里面白白嫩嫩的果肉给吸引，就尝了一两口。

效果立竿见影，那男生马上开始头晕呕吐。

这种情况是要立刻送去医院洗胃的，惜光在混乱中听见校长指挥一个男老师去开车，但很快又有什么人出现了，空气里突然安静了一会儿。

惜光站在外围，只能靠听。后来肖二胡告诉她，当时凭空出现了一个金发碧眼的人，往中毒的同学的喉咙里喷了些什么东西，给他催吐，然后又是如何如何，两三下就把毒给解了。

肖二胡的语气里充满了崇拜。

之后全校师生在提起叶晋容这三个字时，语气里也充满了崇拜。

这时候，惜光还没有多在意这个人，也没有料想到以后还会和他产生多少交集。


那天的晚饭异常丰盛，在院子里就闻到飘出来的饭菜香，五十叫唤得特别厉害。惜光弯腰去捏它的耳朵，忽然觉得旁边有阴影笼罩下来。

说来也奇怪，她分明满眼黑暗，却能敏感地察觉到身边有人靠过来，如同动物生存的本能。

"喂，你就是唐老师家的小瞎子？"

一道毫不客气的声音猛然地撞击着惜光的耳膜，顿时，她觉得自己的太阳穴突突地跳起来。

惜光差点指使五十张口咬人，但还是克制下来，努力平静地问："你是谁？你为什么会在我家？你怎么进来的？"

那人问她："你这么凶干吗？"

惜光吸了口气，说："你一个来路不明的陌生人开口叫我小瞎子，我没有跳起来揍你，已经算是很温柔的了。"

"怎么能是陌生人呢？我今天下午才救了你的学生，你应该感激我才对。"

"你是……叶晋容？"

"bingo！"

唐素的声音中途插进来："我请他来的！"


事情是这样的。

听说叶晋容这个人极爱旅行，他多半的时间都耗在上面，少有停下来的时候。如今途经南遥，手头有点紧，暂时没有多余的钱去住宾馆，要找一户人家借宿。然后唐素就把他领回自己家了。

惜光想要怒摔："外婆你怎么能这么随便！他要是坏人怎么办？！"

叶晋容说："我一副菩萨心肠，怎么可能是坏人？"

唐素说："我估计了一下武力值，放心，他就算是坏人也应该打不过我。"

叶晋容筷子一抖，半块玉米掉到地上，被五十捡了便宜。

惜光扶额，完全无可奈何的样子。

叶晋容往惜光碗里夹了一片薄黄瓜，劝慰道："你也不用愁成这样，饭都吃不下了。我真的只是借住，不是来打劫的。哎，真可惜你看不见我貌美如花的脸，否则你就不会这样对我了。"

唐素也在一旁帮腔："这是大实话！丫头，你不是喜欢《夜访吸血鬼》里面的那个什么莱斯特吗？小叶长得跟他有七分像，又是中法混血，比电视里的人还好看些。"

惜光怀疑地问："真的？"

叶晋容大言不惭地说："我觉得我颜值甩汤姆·克鲁斯一条街。"

"不要脸。"

无论惜光说什么，总之叶晋容就先这样住了下来。

手机就在枕边，屏幕黑暗，铃声迟迟没有响起。

惜光和五十闹腾了很久，又跑去窗台上浇花，从左到右按顺序淋过去，再淋回来，忘了两边是两盆仙人球，禁不起她这样的洗礼。浇完花后，她又躺在摇椅上整理了一遍上课的思路，无非是教一首小诗："春眠不觉晓，处处闻啼鸟。"翻来覆去在脑海里自动播放许多遍，想了想还有哪个孩子是从来没有站起来回答过问题的……

手机铃声还是没有响。

惜光决定不等了，自己行动起来。她想，又不是没主动过，打完电话就可以安心睡觉了。

顾延树接听得很慢，声音仿佛从很远的地方传来，带着无法掩饰的疲惫和倦意："惜光？"

"是我，"惜光立即就后悔了，"是不是打扰到你了？"

"没有，你等我一分钟。"顾延树似乎转移到了安静的地带，"有事情要和我说？"

惜光枕着自己的胳膊："本来是有的。"

顾延树嘴角一弯，声音如往常一般冷清，却带着纵容的意味："惜光，你现在也可以说，没有关系，全当是在给我放松。"

"外婆收留了一个来路不明的中法混血！"惜光激动地从摇椅上挺直腰坐起来，"他们都说他长得很好看，又很厉害的样子。外婆已经被迷住了哎，老夸他，我在这个家里的地位真是岌岌可危……"

顾延树微弓了身体靠在一面蔚蓝的墙壁上，海萤和海藻的图案零星而恰到好处地装饰着各个角落。这片是休息的区域，舒缓的钢琴曲在流淌，不远处的花架上摆满了含苞待放的铃兰。他停了手头的工作，出来偷了个懒，这个决定无疑是十分正确的。

手机抵在耳边，那头的声音咋咋呼呼，他偶尔回应一两句："让五十帮你把人赶出去，它最听你的话。"

惜光设想了一下金毛犬叼着叶晋容的裤腿把他拖走的情形，考虑道："我估计现在五十还不是他的对手……叶晋容连五十也欺负，他叫它小瘸子，叫我小瞎子，这人真的缺德到家了……"

顾延树听她抱怨。两人陆陆续续还说了些什么，惜光陷进柔软的海绵垫里，不知不觉躺在摇椅上睡着了。梦里她稀里糊涂变成背着青龙偃月刀的关云长，一刀压下去，叶晋容就给她跪了。

半夜被冷醒，裹着毯子逃回床上，心想大抵是最近陪着老太太听京剧听得太多。


隔天是周末，惜光发现来她家的人异乎寻常的多。

她坐在自己房间里画画，摊开素描本，拿着铅笔随意地涂鸦，全凭感觉。反正她自己也看不见会画出个什么鬼样子。只是闲着，用来打发时间。

先是觉得院里好像有几个邻居聚在一起说话，今天似乎很热闹。慢慢觉得，似乎热闹过了头。

惜光走出去，靠近了听，发现大家好像都是在谈论养生之类的话题。而频频发言的那个人，大家伙儿虚心请教的那个人，是叶晋容。

后来等人都散了，叶晋容身边终于空出来，惜光忍不住想损一损他："你刚才说的那些真的管用吗？你告诉人家的药方子不会是随口乱编的吧？要是闹出事来，你会被抓起来坐牢的！"

叶晋容哈哈大笑，漂亮细长的眉眼舒展开来，有种奇异而妖冶的美感。他拿着手里的狗尾巴草挠了一下惜光的鼻子，嘚瑟地说："小瞎子，你难道不知道我是个大名鼎鼎的医生吗？"

"大名鼎鼎"这个修饰词，被刻意加重了语气。

最坏的已经来了，

我最害怕的那段时期也已经过去了

在惜光心目中，医生应该具备几个特质。比如说稳重，这样才能够给予病人和家属信任感和安全感；比如说善良和仁慈，这样才能够承担起救死扶伤的职责；比如说性情温和，不急躁，才能够临危不乱……

最好的例子，就是宋渝生。

在惜光看来，宋渝生是几乎接近于完美的医生的代表。

而不是像面前的叶晋容一样，说话有时刻薄，戳人伤疤，想到什么说什么，旁人也分不清他哪一句真哪一句假。再加上他任性妄为，和五十抢肉丁等种种恶行，惜光不太敢相信这么不靠谱的一个人竟然是医生。

而左邻右舍反馈回来的消息证明，叶晋容提的很多方法确实见效。

后来惜光重见光明，浏览网页时，无意中进入国外的一家权威医院的官方网站，在首页上看到叶晋容的个人信息简介，才知道他早已是全球知名的眼科医生。

但现在惜光只当他在闹着玩。

当叶晋容说："小瞎子，你过来，我替你看看眼睛。"惜光也就无所谓地任他仔仔细细地瞧几眼，她也没有察觉出每天晚上多喝的那碗药有什么奇怪，还真就以为是唐素熬了给她调养身体的，因为她体寒，一到冬天就容易感冒。

叶晋容当时就觉得，这姑娘真好骗。

叶晋容泡了一个热水澡出来，发现手机上显示有未接来电。他重新拨回去，玩世不恭的语调，朝那头轻笑："你这几天给我打电话太过频繁了点吧？你家小瞎子知道了会吃醋的。"

顾延树纠正他："不要这样称呼惜光。"

"你懂什么呀！"叶晋容说，"我每次这样叫她，是为了锻炼她的心理素质，提高她的心理承受能力。"

顾延树不与他争辩，直接切入正题："你检查的结果如何？能做手术吗？"

叶晋容也严肃起来，说："能，但是只有六成的把握，万一失败了，后果不可预料，也有一辈子失明的风险。你打算怎么办？"

顾延树考虑的时间比叶晋容预想中的还要长。他少有这么为难的时候，举棋不定，徘徊犹豫，想法在脑海里沉浮，但无法抉择，害怕一落子，就突然输给造化弄人。

顾延树最终说："应该由惜光自己来选。她比任何人都有权来决定这件事情。"

"我倒是希望她能够试一试，我喜欢挑战。"叶晋容说，"你可以和我一起劝说她，这样她答应得会比较快。"


叶晋容开始有意无意向惜光透露眼科方面的专业知识。他认真起来，说得唬人，张口闭口全是专业名词，惜光也不由得有些佩服他了，几乎对他刮目相看。

再加上叶晋容在南遥名声大噪，惜光时不时就听见有人夸他，受环境影响，她开始打心底里觉得，这个人或许还真的挺厉害的。

"你是个医生，为什么四处跑呢？不需要去医院坐班吗？"这样突如其来的聊天偶尔还会发生。

叶晋容回答得特别正经："旅行是我的一种生活方式，我不能局限于医院里，这样会束缚我。"

"那你学医干什么？"惜光问。

"是医学选择了我，不是我选择了学医。"叶晋容说着说着就开始扯了，假象维持不到两分钟，"我从小就显露出了超高的学医的天赋，我爸妈怕浪费了我这个人才，强制送我走上这条不归路……"

"不要脸。"惜光在心里偷偷说，又问："你旅游怎么会跑到南遥这边来的？有人介绍吗？"

叶晋容一愣，这下心虚了，舌头打了个卷儿："哪能啊！我自己误打误撞过来的！"

惜光也没怀疑他，随口一问，也就过去了。

或许是这天夜里突然降温，又下起了雨，淅淅沥沥的雨声衬得空气格外清寂，容易勾起人的回忆，惜光在叶晋容面前聊起以前闭口不谈的往事。

她对叶晋容说："你让我想起我的两个朋友。一个叫宋渝生，他也是医生，很出色的心理医生。他大学还没毕业就已经接手很多病历。每一个认识他的人，都会因为认识他而感到高兴；还有一个叫温遇云，是个女孩儿，她武力值爆表，一个人能单挑十个男人。她常年在外，和你一样到处走走停停，但是我已经很久没有见过她了……"

叶晋容听到宋渝生这个名字时，眸中闪烁，神情略微不自然。但惜光什么也看不见，自然无法察觉到。

这样的夜里，惜光既然已经开始聊以前的人和事，对叶晋容来说是个不宜错过的机会。他拿出非常诚恳的语气问惜光："如果你的眼睛有百分之六十的可能恢复光明，你愿不愿意尝试？"

"你是在开玩笑吗？"惜光问。

叶晋容有种挫败感："我很认真，是以一个医生的角度来询问你的。"

惜光出人意料地说："如果你是认真的，你说的这句话也是真的，我当然愿意试试啊。最坏的已经来了，我最害怕的那段时期也已经过去了。以前我去过很多医院，但没有医生敢说有把握，别说是百分之六十，连百分之二十五也无法承诺。"

叶晋容没想到自己思来想去，纠结了两个晚上在心里拟好的劝说词根本派不上用场，人家自己早想通了。就好像你花费好大一番功夫，筹备一场人工降雨，最后却是天公作美，突然就哗啦啦下起雨了。

心情还真是复杂。

叶晋容感到一丝郁闷，又听见惜光说："要是真的能做手术的话，我希望越快越好。"

叶晋容问："这么迫不及待？"

惜光摇头，有点顽皮地说："我有一个很喜欢很喜欢的人，他最近出国了。如果可以的话，我想趁着他还没回来，就完成手术。"

叶晋容不解地问："为什么？"

惜光说："如果手术成功，我就告诉他这个好消息；如果失败了，我就当作什么也没发生过。这样他不会太痛苦，我也不会因为他的痛苦而对自己失望。"

她不答应跟顾延树回Ａ城看眼睛，却愿意答应叶晋容的提议。

林深时 见鹿❷

　　叶晋容忽然明白，为什么顾延树放任鹿惜光一人决定这么重大的事情。他只在背后把能做的，全都默默努力做了，剩下的交由鹿惜光自己来完成。

　　顾延树如此费尽周折，把叶晋容从国外请过来，安排他出现在南遥，一步一步顺理成章演变成现在这个局面。不过是为了让鹿惜光没有一丝一毫的心理负担，让她可以坦然接受最后的结果。

　　如果手术成功，顾延树会是那个最高兴的人；如果失败了，他就佯装成毫不知情的样子，回到她身边，若无其事地给她最温暖而坚定的怀抱。

　　无论是顾延树，还是鹿惜光，在这件事情上，他们都为彼此考虑得很周全。

　　这一年，三十一岁的叶晋容，如同活在真空中，隔绝了氧化和衰老，仍然保持着二十来岁的容貌。却在经历了几场不尽如人意的感情之后，早已不相信爱情，这时他却突然有点羡慕顾、鹿两人之间的感情。

　　他踏过无尽的山川与河流，见过无数的瑰丽风景，但遗憾的是这一生难能拥有那样一个倾心相待的人。

惜光，你能不能……

接受一个这样的顾延树？

惜光把叶晋容说的关于百分之六十治愈把握的那些话，原模原样地跟唐素说了一遍。

老太太十分支持她，立刻开始找保险柜的钥匙："藏了这么多年的金银财宝，现在是时候把它们搬出来见见光了。丫头，你什么都不用担心，学校那边我会去跟校长说，你只要配合小叶做手术就行了，其他的交给我们。"

惜光感动得泪流满面抱大腿，号啕："原来外婆是土豪啊……"

唐素说："行了行了，不就是当年在深山老林里捡了个包袱吗，我还以为是武功秘籍，没想到是块金砖。我转身就拿去当铺换成了一麻布袋的钱回来……"

惜光默默松开手，心想，老太太又开始胡说八道了。

叶晋容行动很快，和惜光商定以后，决定把手术安排在三天后，地点定在 A 城的一家大型医院。叶晋容说自己在那边有强大的人脉，能够提供最好最先进的设备条件，手术的成功率就多了一分。

惜光见他这样费心费力地安排，自然对他的安排没有意见，倒是心里存了些微的惭愧。

"我先前一度很嫌弃你。"惜光对叶晋容说。

叶晋容笑："就因为我叫你小瞎子？"

惜光被他道中心思，不好意思地笑笑。表情写在脸上，一览无余，她显然已对面前这个人不设防，非常相信他。

叶晋容再次产生了拐卖她的想法，又想起顾延树那张冷若冰霜的脸，登时放弃这个不要命的念头。

"你为什么这么帮我？"惜光问，"千万别告诉我是因为你慈悲为怀，这么多年在各处旅游其实是为了悬壶济世，像活佛济公一样哪里有人需要帮助你就去哪里。"

叶晋容说："为什么不能是这样？我为什么就不能慈悲为怀悬壶济世？我本来就是济公转世，前来普度你，助你渡劫的。"

惜光端着半杯热茶站在屋檐下，抬手理了下被风吹拂到脸颊上的长发，语气轻快地说："你这么厉害，能不能把我家五十的腿一块儿给治了，顺带普度普度它？"

叶晋容说："我又不是兽医，救人不救狗。"

惜光说："济公还愿意割肉喂鹰呢，众生平等，你还说你是济公转世，修行根本不到家。"

"你胡搅蛮缠。"叶晋容说，想了想又问她，"你确定你上面举的这个例子是济公？"

惜光也想了想，说："哦，我好像弄错了，割肉喂鹰的应该是佛祖。济公不割肉，他吃肉。"

手术的前一天下午，惜光才在叶晋容的安排下入院。

唐素年纪大了，再三考虑之后还是没有跟过来，似乎对叶晋容特别放心。惜光只是觉得奇怪，怎么老太太从开始收留叶晋容住宿时，就把他当作自己人一样，还好吃好喝伺候着。

她也全然不会想到，顾延树早在出差之前，就和唐素交了底，说清楚了原委。只有惜光这个傻子被蒙在鼓里。

五十离不开惜光，知道惜光要出远门似的，出发前叫唤得厉害，生怕自己被抛下。惜光揉它的头，安慰它，她一脸轻松的样子。

实际上等真正快要进手术室的前几个小时，她还是紧张得手心冒汗，病恹恹的，脸色苍白，没什么精神。

叶晋容见她状况不对，找话题和她聊天，想转移她的注意力。

但惜光一直心神不宁，常接不上话，好像丢了魂魄一样。

"我想要打个电话。"惜光提出要求，问叶晋容，"可以吗？"

"当然可以啊，"叶晋容试探着问，"是打给那个你很喜欢的人？你不是不希望他知道这件事吗，待会儿可别说漏了嘴。"

惜光皱着眉头，始终没有松开："我现在特别想听一听他的声音。"

叶晋容笑道："你们年轻人就是这么腻歪……"

惜光扯不起嘴角，按下快捷键"1"，拨打顾延树的号码。叶晋容还在旁边惊叹："这都什么年代了，你这种花季少女竟然还用老人机？"

"你不知道瞎子用老人机更方便吗？"惜光终于凶巴巴地反驳了他一句。

"你这么凶，小心嫁不出去。"

"你闭嘴。"

叶晋容噤声，终于闭上嘴巴，却依然待在病房里没有走，存心想留下来听一听年轻人打电话是怎么腻歪的。

但叶晋容没能如愿。

惜光打过去的电话，被顾延树在一秒钟之内给掐断了。

惜光甚至还没有开口，她的嘴巴微微张开，气流聚集在了喉咙，但来不及发声，这时身体凝固般僵在那里。

遇上这种情况，叶晋容的一张厚脸皮也感到几分微妙的尴尬，劝慰道："……他可能太忙了，你……你等会儿再打吧。"

等会儿再打，顾延树的手机直接关了机。

三个半小时后，窗外的天色暗下来，灰蒙蒙的天空如同大雾弥散，看不清楚那一弯镰刀似的月亮。惜光本来想让叶晋容观察观察天象，预测一下明天会不会是个晴天。

叶晋容不假思索，话说得太快："你以为谁都能像你家那位一样全才吗，上知天文下知地理的，我们这些凡人平时只能看天气预报啊。"

惜光一愣，问道："你难道认识……"

"不认识，不认识！"叶晋容露了馅儿，赶紧补救回来，"我就是听唐老师说过几句，说你从小暗恋一个男生，长大以后就发展成明恋了。唐老师还说，那男生是个全才，实在让人想不通为什么会看上了你，这让她觉得匪夷所思……"

惜光想着这话还确实像是出自老太太之口，她一时也想不出反驳的话，半天才憋出几个字来："我也不差啊……"

叶晋容瞧她那委屈又沮丧的样子，忍住笑，附和她说："确实不差。"

"好了，再过一刻钟就要进手术室了，小丫头，你要坚强一点。你要想着，自己还拥有百分之六十的机会能够看见他。"

惜光换好了衣服，躺在手术床上，等待着被推进手术室，却听到了一阵熟悉的脚步声由远及近，不由得愣了愣。

叶晋容惊愕于顾延树在这时候出现，半路拦截，把他拉到一旁问道："你怎么突然回来了？不是赶不回来吗？"

顾延树看了看不远处的惜光。

叶晋容笑了："都这个时候了，还是无论如何都想要陪在她身边吧？"幸灾乐祸的表情，"她今天一直很忐忑，之前还给你打电话，你倒好，直接关机了。"

"当时在飞机上。"

叶晋容朝病房里的惜光努努嘴："既然都来了，两个人就好好谈谈吧，她现在很需要你。"

"嗯，我也有些事情想要告诉她。"顾延树说。

叶晋容立即表现出十分好奇的八卦模样，却被顾延树推搡了一把，挡在了门外。房门离那张漂亮妖冶的脸只有一厘米，叶晋容摸摸鼻子，朝里面喊："只有十五分钟给你！马上要手术了！"

相对封闭的空间里，只有两个人。惜光能感受到对方的存在，下一秒手就被握住了。"听医生说，你好像临时怯场了，是不是很害怕？"冷清低沉的声音，带着不可思议的温和。

惜光一愣："延树，你现在不是……"不是应该在国外吗？

这场手术看来瞒得不够彻底，惜光心下懊恼，还以为又是唐素那边多嘴说漏了。这么重要的事情没有告知顾延树，自己先心虚起来。

"惜光……"他叫她的名字，手上的力道丝毫没有松懈，反而扣得更紧了。

惜光听出他话里有不同寻常的压抑的情绪，从床上坐起来，身体向前倾，不由自主地抱着他。单薄消瘦的手臂，却有坚定的力量。

惜光听见他说："有一些事情，我想要现在告诉你，我……不得不告诉你。"他想要和眼前这个人天长地久在一起，不留隐患，哪怕这时候来一场撕心裂肺。

他说："曾经我爸爸的车祸是早有预谋，是由我妈……一手计划的。这个你曾在芦苇荡中偷听到了。但你不知道的是，我也是罪魁祸首之一……

"我很小的时候，家庭表面和睦，实际上，爸爸对妈妈很不好……甚至对她家暴，妈妈终于无法忍受，想要雇人制造车祸。这件事我一早就偷听到了，但我没有告诉任何人，也没有揭穿，反而怂恿爸爸上了那辆被动了手脚的车。

"如果不是我，他可能还安然无恙地活着。"

这是顾延树最痛苦而不为人知的一面，最不堪而隐晦的一面，年深日久，成了他心里的毒瘤。如今血淋淋地在她面前揭开，犹如给自己判刑，审视他的重罪。

但他现在选择开诚布公，想要不留一点隐患地和她在一起。

"惜光，你能不能……接受一个这样的顾延树？"

沉默死寂的空气包围着他，眉眼间的阴霾怎么也挥之不去，他从骨子里感觉到冷，想把面前的人嵌入进身体里。

惜光却缓慢地问他："我现在就要进手术室了，失败的概率是百分之四十，我或许会瞎一辈子。延树，你能接受一辈子看不见任何东西的鹿惜光吗？"

她说："如果你可以接纳这样一个我，我为什么不能包容那时的你呢？"

第三十三章

因为我最重要的东西，

上天已经还给我了

倒春寒来临，连续两天下着浩大的春雪。

房顶和树冠上还积着一层薄薄的莹白，街巷中的低洼处还残留着冰雪消融后的水渍。电线杆上停了几只鸟，缩着烟灰色的翅膀。叶晋容从打烊的酒吧里推门出来，被凌晨森冷的空气冻得一哆嗦。

他站在路边的报刊亭后面躲风，点燃一根烟慢慢抽，用来过渡和适应热闹之后的冷清。想了想，他无聊地掏出手机来，翻了一遍电话簿，找到一个号码打过去："喂，在干吗？"

那头有个年轻好听的声音回应说："复印材料呢，两个小时后要去参加一场讲座。"

"你猜我现在在哪里？"

"A城？"

叶晋容在心里暗骂了一声："你怎么知道的？"

"我妈跟我说的。她前几天跟朋友在茶寮里喝茶的时候看见你了，隔得远，就没叫你。"

叶晋容低声问："你……不回来看看？你家人不是都在这边吗？"

"再过一段时间吧，这阵子有点忙。"年轻人手中拿着书本，穿过校园的林荫道，温和的阳光跳跃在睫毛上，一双桃花眼含笑，"我妈好像很嫌弃我的样子啊，听语气根本不希望我回来……"

叶晋容说："真是狠心的女人。"

"我现在过得很好，她大概希望我能够一直这样安稳地过下去。"

"你难道对自己以前生活过的地方不好奇吗？"

"多少会有点……但是手头的事情太多，短时间内没有要回来的打算，等以后再说吧。"

叶晋容把烟头扔了，挂断电话，找到一个早点摊子，吃了一大碗牛肉面和几根油条。又磨磨蹭蹭过了一两个小时，稀薄的太阳从云层后面露出脸，他觉得差不多该去一趟医院了，今天是鹿惜光拆纱布的日子。

叶晋容是踩着点到的，惜光坐躺在床上看电视。准确地来说，应该说是听电视。

屏幕里深情低柔的女声还在唱："当你老了，眉眼低垂，灯火昏黄不定，风吹过来你的消息，这就是我心里的歌。

"有多少人曾爱你青春欢唱的时辰，爱慕你的美丽，假意或真心，只有一个人还爱你虔诚的灵魂，爱你苍老的脸上的皱纹。"

窗户开了一条缝，冷空气从外面渗透进来，室内却仍旧保持着温暖。她的身上盖着薄被，一只手搭在外面，另一只藏在里面，悄然地与另一人的手紧紧相握。

顾延树这些天大概没有休息好，这会儿在惜光旁边睡得很沉，竟然没有醒。

惜光听到脚步声，主动问："叶医生？"

叶晋容满意地说："不错不错，小瞎子越来越懂礼貌了。"

"或许马上就不是'小瞎子'了。"惜光愉快地说。

叶晋容还是放心不下，提醒她道："你事先就知道的，概率是百分之六十。"如果完全怀揣着百分之百的希望，万一结果不尽如人意，他怕她接受不了打击。

惜光却是笑着的，她反过来安慰叶晋容，甚至开起了玩笑："不用担心，万一还是小瞎子，我也不会拆你招牌逢人就说你庸医。"

"臭丫头！"叶晋容骂，"我还怕你拆招牌不成！"

"就算是那百分之四十占了先机，我当然会失望，但也已经满足了。因为我最重要的东西，上天已经还给我了。"惜光握紧了顾延树的手。

两人压低声音调侃，惜光手上传来了动静。

顾延树睡饱了，支撑着坐起来，倚在床头。头顶有几根墨黑的头发微微翘起，凌乱随性，衬得他轮廓深邃的脸庞温和起来。他貌似还处于半梦半醒的状态，偏着头，眼睛一眨不眨地盯着惜光看了两秒。

大概是面前的这个人多次失而复得，他现在每天醒来第一眼看到的就是她，这时满心都是幸福的，竟没有察觉到房间里还有叶晋容这个人的存在。

他直接忽视了旁人，揽着惜光的肩膀，亲了亲她的嘴角。然后转战到眼睛，极轻的一个吻落在白色的纱布上。

叶晋容捂住眼睛："天哪，你们能不能注意点影响！"

白纱布一圈一圈绕开，束缚在眼睛上的压力越来越轻，慢慢地，终于全部消失掉。惜光睁开眼睛的过程很缓慢。

叶晋容身后还站着几个医生，都紧张地看着他。顾延树也始终握着她的手。

惜光觉得刺眼，面前出现了模糊的光点。渐渐适应后，眼中的世界像隔了一层朦胧的纱，但她已经看见了光。

慢慢地，一切都清晰了起来。

惜光面前凑近了一张漂亮的脸，金发碧眼，长相带着几分妖冶，白色的大褂穿在身上，越发衬托出他白皙的脸，不点而红的唇色。果然长得和莱斯特相像，甚至是更加出色的相貌，惜光想。

然后她偏转过头，看到的才是顾延树。

两年没有见到的脸庞，他还是如她记忆中的模样，没有多大的改变。

她看着他笑意盈盈，她真想扑过去亲亲他，这次能准确无误地碰触到他的嘴唇了，不会再亲到鼻梁或者下巴上。

"延树，好久不见。"

LINSHENSHIJIANLU

鹿惜光，我们结婚吧

一个月后。

惜光和顾延树约好在梧桐街的一家小店里等他。她素来积极，提前了二十分钟先到，中途顾延树临时有事，说恐怕要迟到半个小时。

"要不要让司机来接你先回去？"顾延树问她，语气似乎有些抱歉。

惜光晃了晃腿，准确捕捉到了他这点罕见的情绪，她当然不会放过，故作体贴地说："没关系，不急，我等你好了。"

果然顾延树平日惯有的冷清声线都温和了几分，越发歉疚，当即表示今天虽然不是周末，但也允许惜光吃一个起司蛋糕。

惜光的眼睛动过手术之后，很长一段时间要忌口。平常由顾延树严格把关，一周只有一次吃甜品的机会。

腹黑有时候是会传染的。

惜光眼睛里都是狡黠的笑，可惜顾延树这时候也看不到。她走到漂亮的玻璃橱柜前，看着色彩斑斓十分诱惑可口的甜点，心情尤其好，继续握着手机不假思索地说："延树，我真是太喜欢你了。"

她甜言蜜语轰炸，那头却突然消了音。

顾延树坐在会议室里，底下坐着若干人，清俊冷漠的脸上在一瞬间的僵硬之后，依旧没有起伏的表情。只是耳朵，莫名地越来越红。

他握紧了手机，说："下不为例。"

盘子里的小蛋糕还剩三分之二，落地窗上掠过一道人影。惜光抬头，隔着一扇玻璃看见了陆婉凉的脸，没有褪去的笑意变成惊讶。

陆婉凉也只是偶然路过，显然没想到会在街头有一次这样的偶遇。

惜光打量着在对面落座的人。依旧是高贵精致的容颜，但脸上的痕迹越发深了，她像是久病的人神色不好，休养了一段时间后才恢复了一点神韵。

陆婉凉当年原本计划去国外休养，过一段闲适的生活，却在顾延树昏迷两年的情况下，不得已重新回到顾氏经营公司，心力交瘁，若不是凭借过人的意志力，早就倒下了。如今在儿子的生死面前，那些过去许多年的往事，刻骨的伤痕，实在算不得什么了。

她的第一句话居然是问惜光："你和延树准备什么时候办婚礼？"

惜光显然受到了不小的惊吓："什么？"

陆婉凉说："怎么，他还没向你求婚吗？我前天看见他买好了一对戒指，还以为他已经跟你说了。"

接着陆婉凉还说了些什么，惜光稀里糊涂地答了，却早已神游天外，思绪跑到了九霄云外。她满脑子想着的是结婚这两个字。

"有空和延树一起回大院来吃顿饭。"陆婉凉临走之前这样说。

惜光简直受宠若惊，惊愕得忘记回话，只是连连点头。

顾延树到的时候，惜光枕着手臂在打瞌睡。外面的天色已经暗了下来，地中海风格的小店内亮起一盏盏银蓝色的水母灯，屋子仿佛沉浸在海洋中，四处被温暖的海水包围。

顾延树赶过来，穿着薄款的灰色毛衣和黑色裤子，身形挺拔清俊，四处分散坐着的几个人不由自主地抬眼看他。他却一眼看见靠窗位置上的惜光，快快地耷拉着脑袋，样子和五十有点像。

"惜光，等到睡着了？"

惜光眼睛里顿时闪现着光芒，仰着头看他："没有啊，只是饿了。你怎么这么慢？事情很麻烦吗？"

"不用担心，公司棘手的问题都解决了。"顾延树问，"你不是饿了吗，想吃什么？"

惜光拍拍旁边的藤椅："你先坐一坐，休息会儿我们再去。"脑海里挥之不去的还是陆婉凉的那几句话。

她盯着顾延树握在杯身上的修长手指，愣愣地开始出神。顾延树哭笑不得地揉了把她的头发："又在乱想什么？"

惜光扭头，不知道该怎么回答，赶忙喝水。


两人去一家酒店吃饭的时候意外碰见了谢诺。

门口突然有蜂拥的人群挤过来，随即一辆保姆车驶来，戴着墨镜的谢诺在经纪人和助手的掩护下出来。架不住粉丝们的热情，酒店的众多保安也出动了，在现场维持秩序。

惜光随着顾延树正在大厅往里走，不由得回头多看了两眼。

出乎意料的是，谢非年也在。他从旁边的一辆车上下来，显然是跟随谢诺到的，谢家二少宠妹妹，这是他们那伙人心知肚明的。

他揽着谢诺，护着她往里走。

煞神开道，狂躁拥挤的人群虽然急切，但都不由得稍微让开了距离。很少有人不认识谢非年的。

他以前处事高调，还是学生时，闹出的大小绯闻就不少。

只是这两年他的身影从娱乐新闻头版头条的位置上逐渐消失，也少有人敢再爆他的料。惜光印象里那样倨傲不羁的一张脸，却隐约有些不同了，仿佛被时光打磨了棱角，不再尖锐得轻易划伤人，锋芒内敛。

这两年里，时间究竟对他们这群人做了什么，让他们改变了多少？

惜光听温遇云说起过，当初给郁随处理后事的不是温家人，而是被谢家二少抢先一步。他给她寻了九琼山旁边的另一块墓地安葬。那地方更僻静更荒凉，远不如九琼山尊贵，孤野山林，荒草及膝，活人去凭吊都觉得寂寞。

惜光不知道的是，有一次郁随喝醉了，跟谢非年视频。她说："如果我死了，你一定要把我埋在一个荒无人烟的地方，没有人打扰，这样我的灵魂才能唱歌。"

谢非年无视她的醉话，只是问她："郁随，你爱不爱我？"

郁随脸上挂着痴迷的笑，嘴里反复吟诵一句张爱玲描写胡兰成时说过的情话："他一个人坐在沙发上，房里有金粉金沙深埋的宁静，外面风雨琳琅，满山遍野都是今天。"

房间有如金沙深埋一般的宁静，外面波云诡谲，风雨难测。而这一刻，我心里满满的只有你，只有和你在一起的这个今天。

郁随醉得厉害，抱着电脑栽倒在床上。

她说："非年，我这一刻爱你，非常爱你。"

顾延树的口味本来就清淡，惜光又需忌口，一桌子的素色。但

林深时见鹿❷

厨子技艺高超，把豆腐炖出了肉味儿，惜光觉得实在不错。

惜光去了一趟洗手间，结果和谢诺打了一个照面。两人一个出去，一个进来。

谢诺这会儿脸上终于没有墨镜的遮挡，露出一张完整的脸。上了恰到好处的淡妆，说不出的好看。曾经有个导演放话说，只要她那张脸出现在屏幕上，电影票房就能增加一个亿。惜光当时还想，这果真是个全民看脸的时代。

但也确实，这样的赏心悦目。

惜光只点头示意，擦肩走过，谢诺却叫住她："和延树一起来的吗？我刚刚好像看见你们了。"

惜光点了点头，之后实在找不出什么别的话好说。

谢诺却接着说："鹿惜光，你知道吗，我一直喜欢他，我的喜欢不见得比你少。自从我回国后认识他的那天开始，我就觉得自己以后会嫁给他。那时候，我还不知道有你的存在，只听二哥说，顾家之前有过一个童养媳，人都走了延树还一直惦记着……"她当时根本没有放在心上。想着时间一久，感情就淡了，再久点，自然就忘了，延树恐怕连那个女孩儿的样子都不记得了。哪能抵得过她谢诺。

她那时得意了许久，不曾想过会有今天这个局面，会这样不甘心。

谢诺说："鹿惜光，你不过比我早了一步，先遇见他而已。"

想要反驳的话尽数咽回去，惜光脸上忽然浮现出带着点无赖的笑，清澈明亮的眼中如有星光，她一字一句地对谢诺说："那又如何呢？"

——那又如何呢？

——他只喜欢我啊。

惜光忽略掉谢诺忽红忽白的脸色，打了个胜仗，趾高气扬地回到包厢。顾延树一眼看出她的情绪，问道："在外面遇见什么了？这么高兴？"

惜光卖关子，但笑不语。不愿意把自己和谢诺狭路相逢的事情告诉他，免得惹来他笑话。

两人再坐了会儿，就一起往顾延树的那间公寓走。地方离这家酒店并不远，开车过去十分钟就到。

惜光先去洗漱，她动作慢，拖拖拉拉，出来时顾延树已经不在客厅。去二楼转了一圈，发现书房的灯是亮着的，顾延树穿着和她同款的睡衣在书桌前办公。窗帘浮动，被风吹动的婆娑树影映在他身后的窗上，外面夜空辽远。

惜光鬼鬼祟祟地走到房门口朝里张望，偷偷看他。顾延树却像头顶长了眼睛，盯着笔记本电脑的屏幕说："过来，把牛奶喝了。"

"怎么又是这个？"惜光嘟囔着，踩着拖鞋不情不愿地过去。

顾延树把手边的杯子端起来喝了一口，还是暖的，再递给惜光："我会帮你养成每天睡前一杯牛奶的好习惯。"

"……那我能拒绝吗？"

顾延树终于抬头看了她一眼。

惜光立即投降，没骨气地说："我会尽量配合你养成好习惯的。"

"嗯。"顾延树满意了。

惜光把牛奶一口干掉，舔了舔嘴巴，不好再打扰顾延树。她自觉地拿了两个抱枕，把旁边的落地灯打开，坐在地毯上翻着随手从书架上拿下来的绘本。书中有在月光下走钢丝的男孩儿，海边一望无际的青色麦田，夜空下在篝火旁弹奏手风琴的旅人……

这些画面以奇异的构思串联起来，成为一个一个完整的故事。

草草翻看完，惜光没有事情做，双手交叉枕在脑后，那个困扰了她许久的问题又从脑海中冒出来。

她悄悄打量顾延树一丝不苟的样子。从她这个角度望过去，他的锁骨尤其好看和突出，两边微微陷进去一个窝，流畅光滑的线条。视线再往上，是光线笼罩下的棱角分明的一张脸。

她不由自主地盯着看了一会儿，低头揉了揉自己的额头，一副懊恼的模样。她的神情全被顾延树收入眼底，他问她："怎么了？"

惜光十分困惑地对他说起："我今天看见你妈妈了，她问我……"

她的手指开始不由自主地揪衣角。

顾延树合上笔记本电脑，绕过书桌来到她面前，和她面对面坐着。两个人之间的距离很近，他自然地俯身凑过去："她问什么了？"

惜光咬牙："她问我们什么时候结婚？"

顾延树眉头一挑，露出挺惊讶的表情。

惜光继续咬牙："所以……延树，我们什么时候结婚？"

顾延树犹豫，默默地看着惜光。

惜光愤怒了，她都做到这个份上了，这厮这是什么反应？难不成想赖账吗？

她双手一撑，按在顾延树的肩头，几乎半跪在地毯上，盛气凌人地倾身压过去，却依旧底气不足地问："你到底要不要娶我？"

顾延树再也忍不住笑，冷清的声音里透着愉悦："惜光，你这是在逼婚吗？"他顺势搂过她，双手环抱，把她牢牢圈住。稍微抬头，他便轻而易举地吻到她。

惜光的脸一点一点染红，抵在他肩膀上的手忽而不知所措，但还是慢慢绕到他身后，回抱他。

柔和的灯光在他们四周蔓延，外面晚风拂动梧桐叶，是正好的夜色。

"抱歉，我不知道你这么迫不及待。"言语间不经意泄露了一丝狡黠的笑意，他吻她时嘴角有一点上扬，"既然这样，那我们就结婚吧。

"鹿惜光，我们结婚吧。"


（第二部完）

番外一

渝生、遇云

"顾延树和鹿惜光结婚的日子已经定下来了，是这个月初七。"

"是吗，这么快啊……"

"你要不要去参加婚礼？"

"那天好像有事，先前跟人约定好了的。"

"要不你就买个礼物，写上几句祝福的话，我过几天经过 A 城，顺便帮你捎过去。"叶晋容搅动着面前的咖啡，跟对面的人说。

"也行。"那人想了想，认真地说，"东西你先帮我带到。如果那天有时间了，我一定赶过去。"

叶晋容惊讶地问他："你是不是想起什么来了？"

他春风和煦般地微笑，一双桃花眼看着广场上踱步吃食的白鸽，倏然沉默了。

脑中的那些影像模糊，他其实并未记起。

叶晋容见对面的人不说话了，也识趣地不问了，朝旁边路过的漂亮服务生抛了个媚眼，拍拍他的肩膀，说："其实记不记得又有什么所谓，人生得意须尽欢，活得开心就好了啊，渝生同志……"

叶晋容出身医生世家。

他和宋渝生相识，是因为近两三年里，他的父母亲担任了宋渝生的主治医生。宋渝生在那场大火中死里逃生，宋妈妈把他送去了国外治疗。

那是个很温柔很温柔的女人，但往往温柔的人狠起心来更决绝。

她瞒着宋家大大小小一家子人，护着她的小儿子，把他藏在了世界的另一个半球。

她宁愿自己也见不到他，只要他平安。

宋家人丁兴旺，孩子最多。

宋渝生头上有两个哥哥两个姐姐，他是老五，是家中最小的那个，比上头的老四整整差了四岁。宋妈妈本不会再生第五个孩子。

宋渝生原本是不会来到这个世界的孩子。

那场葬礼上，宋妈妈有一句声泪俱下骂温遇云的话：他这一辈子，为你生，为你死，最后为你不得安宁……

这话其实不假。

宋渝生的出生，与温家有莫大的干系，与温遇云有莫大的干系。

宋家有了老四的时候，温家的温纪秋肚子还没半点动静。两家人都犯愁。

这事说来话长。

当年宋家、温家两对夫妻结伴出去旅游，途中出了意外，遇上劫匪。歹徒的那一刀原本是刺向宋妈妈，温纪秋却误打误撞从巷子里跑出来，阴错阳差，反倒成了挡刀的那个人。温纪秋被伤到了腹部，当时就流了满地的血。

虽然并不会危及性命，但医生说以后受孕的概率会很小，让她做好心理准备。

后来果然成了这样的局面。

宋妈妈多少有点愧疚，宋家人心里也愧疚。宋老爷子一筹莫展，对着儿媳无奈嘱咐，大不了宋家生一个抱去给温家养。

宋妈妈当即急了，那是孩子，不是东西，不是说还不还、给不给的问题。

但宋、温两家的老爷子都觉得，反正两家是过命的交情，不必分你我，宋家给温家一个孩子养，肯定也视如己出。

宋妈妈和丈夫觉得这事荒唐，但终究拗不过老一辈，还是妥协了。

宋妈妈怀上宋渝生六个月后，温纪秋却意外检查出来怀孕了。那孩子还没出生，就被温司令迫不及待地取好了名字，叫遇云。一家人宝贝得不得了，后来被送去国外妥善照顾，只闻其名，大院里都少有人见过她的样貌。

而宋妈妈肚子里的这个，却成了"鸡肋"，可有可无。

那时候胎儿已经很大了，宋妈妈不可能流产。她对这个孩子存了满心的愧疚，想着若是生下来不讨喜，也要一辈子护着他。

实际上，宋渝生出生以后，男女老少没有人不喜欢他。逢人就笑的孩子，没人舍得对他说一句重话。宋家种了满院的梅花，春日里成为一道盛景，大院里常有人来串门赏花，另外还想看看他家的小娃娃。


宋渝生聪慧过人，时间慢慢过去，他一点一点长大，加上外面的传言，便知道了自己来这世上的原因。他不由得对另一个孩子产生了浓厚的兴趣。

他在那时就知道了温遇云的名字。

少年渐渐成长，有了能力，他开始着手调查一些温遇云的事情。

他时常隔着冰冷的屏幕去看那个张扬跋扈的女孩儿，微妙的喜欢开始萌芽，在心里埋下种子，后来一发不可收拾，种子逐渐发芽、扎根，长成不可撼动的参天大树。

有一天，她终于回国，来到他的面前，对他说，嘿，我叫温遇云，你叫什么名字？

他觉得他等这一天已经等了很久，他不动声色地说，你好，我叫宋渝生。

他是宋渝生。他曾经喜欢上一个女孩儿，以为日后天长地久，他会喜欢她一辈子。

心乎爱矣，遐不谓矣，中心藏之，何日忘之。

何日忘之。

如今，他已经忘记她。

番

外

二

延树、渝生

LINSHENSHIJIANLU

顾延树去宣仁医院给他二叔顾易阳送婚礼请柬时，绕路去了那栋沙漏造型的天蓝色小楼。那间原本属于宋渝生的心理咨询室还在那里，上了锁，没被人占用，却像被刻意遗忘了。

他开门进去，满室的尘埃在阳光下飞舞。

办公桌上还摊开着《心理学大辞典》，黑色的墨痕凝结在钢笔的笔尖上，已经干涸。墙上的摆钟不知在哪一天的深夜罢了工，仿佛时间也停滞了。

眼前的一切无不宣告着，宋渝生已经不在了。

但顾延树却觉得，他还会回来。

如同十六七岁的那个夏天，如同往昔里很多个秋夜，他晃到顾家楼下，朝着他的窗口喊："延树，快下来……"

如同多少年光阴不变，渝生还是他记忆里的样子。

顾延树等待下一次重逢。


从医院出来，顾延树准备去图书馆接惜光。她在那里待了一上午，说要找几本漫画书看看，调节一下心情，因为明天要结婚了，太紧张了。顾延树有时候也不太清楚这姑娘的脑回路，哭笑不得，只好由她去。

车子在路口等红绿灯时，顾延树在街角远远看见一个熟悉的影子。他顾不了那么多，直接闯了红灯追过去，把车停在一旁，定睛再看，依旧是川流不息的陌生人群，方才似乎只是他一瞬之间的幻象。

顾延树靠着咖啡小店门外的木栅栏抽了一根烟，纾解那点难平的情绪，和惜光打电话说起："刚刚看见有个人的背影很像阿生。"

"说不定就是呢。"惜光在图书馆里小声地说，"延树，你说要是渝生还在的话，他明天会不会出现在我们的婚礼上？"

两个人一起聊这样不太切合实际的话题，就好像真的会实现。

和惜光聊完之后，顾延树却偏头看见一个人——宋渝生。

仿佛已经很多年没有见过的宋渝生，隔着一条小巷，笑着问他："喂，你是不是叫顾延树？"

即便是失去了记忆的宋渝生，也还能准确无误地叫出这个名字。他手里拿着一张照片，是几个人的合影，中间的位置是个清瘦挺拔的少年，沉默冷清的气质，对应的就是眼前的这张脸。

宋渝生想，错不了，他应该就是顾延树。


顾延树手上的烟燃尽了，烟灰簌簌而下，掉落了一截在衣角上。他浑然不觉，正对着阳光的眼睛微微眯起来，被刺痛的感觉无比真实。

他几步跨过面前的距离，狠狠地拥抱宋渝生。

犹如跌宕的梦境。

"……真的是你。"

陌生而熟悉的感觉，强烈冲击着宋渝生的大脑，他忽而明白了自己突然想要回来的原因。

有的人你纵使忘记了，也同样那么重要，他曾和你的生命相连。

"嗯，我回来了，延树。"

他们坐在路边别人家的花圃前聊天，像从未分别过的老友，周末在街头偶遇。

"咱们是什么时候认识的？"宋渝生对过去的事情还是很感兴趣的，特别是回到这座城市之后，处处透着熟悉的感觉。

"从小就认识。"顾延树说。

"那还真是缘分。"宋渝生笑道，"以前的事我都不记得了，要不挑两件跟我说一说？"

顾延树皱了眉，挑一两件说一说？

该从哪里说起呢？

"比起坐电梯，你更喜欢爬楼梯。"

宋渝生笑："我现在也还这样。"

"你不喜欢跟人打架，喜欢直接卸下巴，你说这样一招致命，别人就连废话也说不出了。"

"我会这么暴力？"宋渝生侧脸看他，"你确定没有诬陷吗？"

顾延树说："还有，以前我们俩待在一起的时候，你话比较多，因为我话少，很多事情就由你来说。"

宋渝生捧腹，桃花眼中溢满了笑："那现在真是难为你了啊！"

他们相视而笑，那些日子仿佛从未远去，头顶的日光很好，地上满是花叶摇曳的碎影。

那是少年时光。

《《
番
外
三
》

延树、惜光

惜光和顾延树结婚以后，考虑到顾延树上班的问题，两人又不可能分居，于是惜光决定留在 A 城。

惜光回南遥，正式向小学校长递交辞呈的那天，肖二胡同学扒着她的腿，伤心欲绝，不肯放人。

"小唐老师，那你还会回来吗？"

"会。"

"你走了以后还会记得我吗？"

"当然会。"

"那你今天能跟语文老师说说，让他别罚我抄古诗了行吗？一百遍很难抄的！"

惜光犹豫了一秒，和他商量说："我去跟你求个情，抄九十九遍好不好？"

肖二胡同学更加伤心欲绝了，惜光好笑地揉揉他的头发："这次免了，下次再不做作业直接抄两百遍。"

接着，她又去了办公室和之前教过的班级，跟老师还有同学告别，前前后后耽搁了不少时间。

惜光从包围着的人堆里走出来时，有种重见天日的感觉。到了操场才发现，顾延树还站在校门口的那棵树下等她。

一如以往他等她下课时的样子，星眸浩瀚如海，看着她一步一步跋涉时光向他走来。

"延树……"

"嗯？"

"这样一来，我好像成了无业游民呀！"

"好像是。"

"……"

惜光后知后觉地发现了这个严重的问题，难道她以后要待在家里成为米虫吗？她郁闷地问顾延树："我以后要怎么办？"

顾延树只中肯地评价了她四个字："前途堪忧。"

惜光想一头撞过去。

她危机感大增，接下来的几天里，认真思考了一下自己究竟能干点什么。当初中途辍学，大学也没上完，在南遥教个书尚可，但这是 A 城，恐怕不行。在床上翻来覆去，她也没有想到好的法子。

顾延树深受她的干扰，手臂横过去，把她拦腰抱住，丝毫动弹不了，这下她才终于消停。

"鹿惜光，你属猴的吗？"

"不是啊，外婆才属猴。"惜光一本正经地回答，"延树，我明天上网去投简历吧？也不能老待在家里吃软饭啊。"

顾延树头疼地说："反正你吃得也不多，我养得起。"

"那怎么能行，我得保持相对的独立啊。"惜光窝在他怀里，开始做打算，"我先投简历，如果没有收到面试的通知就直接出去找工作，图书馆那边每年也是要招人的，去碰碰运气好了……"

顾延树突然说："回学校上课吧。"

惜光不解地眨着眼睛："啊？"

"重新上大学，完成学业。"

"去 E 大吗？我当初走得不明不白，现在要重新回去应该不容易吧？"

"我已经帮你报过名了，这次九月份开学，你作为新生进去，这样可以吗？"他俨然一早就替她安排好了，只是到这一刻才勉强说出来。最后是询问的语气，决定权依旧在她手上。

"现在能不能好好睡觉了？"顾延树问。

惜光还是觉得哪里不对："你干吗不早点告诉我？害我纠结了这么久，你到底是什么心态啊……"说到后面就开始愤愤不平了，爪子都快露出来挠人了。

"嘘，"顾延树迅速吻住她，把那些话都堵住，"晚安，惜光。"

"唔……晚安，延树。"


于是已婚的鹿惜光重新混进了大学生队伍，重新开启了校园生活。

她曾经也在 E 大闹出过不小的风波，但是两三年时间过去，早已没有相识的同学能在人群里认出她来。倒是顾延树、宋渝生和温遇云这几个名字，时常会被提起。

第一天去学校报到时，惜光再三考虑，觉得待会儿要和诸多学弟学妹站在一起，为了不太突兀，有必要掩饰一下自己的年纪。

背带裤，素色印花的短 T 恤，帆布鞋，马尾辫。

她长相本就显小，这样打扮确实与刚步入大学的普通学生无异，站在西装革履的顾延树身边像个晚辈。

她指了指镜中的两个人影，对顾延树说："打一俗语。"

不等顾延树说话，就自行揭晓答案："——老牛吃嫩草！"

说完，她笑着逃跑，被顾延树扯住背带裤的背带往后一拉，镇压在五指山下："还没吃呢，你跑什么？"

《《

新
增
番
外

∨
∨

L I N S H E N S H I J I A N L U

也曾是我的宇宙

——她和他分开的那几年

01

鹿惜光十七岁，在南遥的一所高中念书。她成绩优异，名列前茅，唯独地理是短板。

地理老师姓罗，性别女，四十出头的年纪，多年来坚持晨跑锻炼，平素爱穿修身的职业套装，头发扎一半留一半，身上喷香水，走过去带起一阵香风。

罗老师记性极好，记得班上六十四位同学每个人的名字，更清楚地记得没在教师节那天给她送礼物的同学的名字。

惜光给罗老师送过一张贺卡，淹没在了她办公桌上的众多零食鲜花和水果当中。

中午惜光拿着不懂的习题去询问时，候在一旁，罗老师一边吃着手边的一碟蓝莓一边上网，等碟子空了，慢条斯理地用纸巾擦干净手，腾出两分钟来给惜光讲题。

"懂了吗？"

"懂了。"

讲得太粗略，惜光其实没太懂，但她不太想再待下去，鞠了一躬说："谢谢老师。"而后拿上习题册匆匆走了。

下午的地理课上，惜光被点名起来回答问题，她支支吾吾，答不上来。

罗老师问她："中午才给你讲过一遍的题，怎么图上把马来半岛换成了爪哇岛你就不会分析了？同学们，要灵活运用啊，要学会变通，多动脑子……"

惜光满脸涨红，把头垂得更低。

她再没有课后去问过习题，也始终没有办法喜欢上地理，虽然不至于到拖后腿的地步，但相较于其他科目的成绩，仍是不够看。

新学期开始，班主任为磨砺惜光，特地选她当地理课代表，她不愿意，但是拒绝不了。

惜光与罗老师的接触陡然变多。每逢周二和周四收地理作业，班上总有几个不能按时上交的，嬉皮笑脸地耍赖央求惜光宽限时间，拖了一节课又一节课。

练习册没能按时送到，罗老师板着脸说："谁不交就把名字记下来扣操行评分，有什么可等的，耽误我时间。"

往后惜光按时送作业，没交的都记名字。

"鹿惜光，通融一下嘛。"男同学拜托着。

"罗老师会催。"

"那你别打小报告，别记我名字。"

"她会数。"

八组一摞，分组放着，一目了然，没办法瞒天过海。

"她是大三八，你就是个小三八。"男同学轻嗤。


惜光初来南遥时性格变化很大，经常闷声不吭，这几年渐渐有所好转，但在学校依旧沉默寡言。若不是成绩出众，她就是班上最不起眼的老师和同学记不住名字的那一类人。

她人缘只能算一般，在班上没有交心的朋友，每天上课下课守着书本，读自己的书。

以前日子也过得这样闷，现在日子却格外压抑起来。

唐素看出小孙女眉间的郁色，连着几天晚餐加菜，都是惜光爱吃的，还给她榨了果汁。

"多吃点儿，吃饱喝足才能开怀。"

"会胖。"

唐素瞥了她一眼："再胖二十斤也不为过。"又问，"作业多吗？"

"多。"

"明天周六，明天再做，吃完去找南舟玩。"

惜光没别的朋友，跟骆家的南舟北溪两兄弟走得近点儿。

好朋友是可以说真心话的，能倾吐烦恼。

周六吃完晚饭，唐素又说："去找南舟玩。"

周日晚饭桌上，唐素说："吃完去帮我买包相思鸟，买完去找南舟玩。"

一周过完，又到周一，晚饭桌上惜光抢先开口着急地说："外婆，真不能去玩了，我得写试卷。"

明月当空照，繁星闪烁，院子里晾晒的衣衫在微风中飘荡。夜深了，惜光伸了个懒腰，地理作业又被她留在了最后，算着太阳高度角哈欠连天，十分钟一道选择题，最后得出一个不在 ABCD 四个选项内的错误答案。


02

事情的转机发生在十月。

十月份，学校来了一批实习老师。

自从前几天听到风声，所有同学都在期待，分到惜光班上的是一位地理老师。课间操结束后，罗老师将人领到班上，嘈杂闹耳的铃声恰巧停了，四下恢复寂静，她在走廊上叫了一声知许。

知许，陈知许。

是新来的实习老师。

身形瘦高，身高目测一米八往上走。眉清目秀，文质彬彬的长相，超出班上所有女生的期待。从他的穿着打扮来看，应该家境也不错。

因有陈知许，高二三班成了其他班艳羡的对象。

陈知许走马上任，罗老师乐得清闲，地理课堂和批改作业都成了陈知许的活儿。他初来乍到，有意和班上的学生打成一片，需要一块引路石。

课代表自然就是这块引路石。

惜光拘谨，问什么答什么。好在陈知许外向开朗，本身也还是在校大学生，只年长他们几岁，沟通过起来没有压力。

"惜光，你们班主任说你地理需要加强，平常有不懂的可以来问我。"

"谢谢老师。"

"不用跟我客气。"

惜光翻了翻试卷，找出一个困扰了她许久的题。只不过时机不凑巧，陈知许临时被隔壁班的实习老师叫出去有急事，走前用手机拍下了题目。

"你先做其他的。"

"好。"

惜光并没有将这件事放在心上。

午休过后，教室里的人稀稀散散，有的跑厕所，有的去商店。陈知许走到惜光课桌前时，她用手掌托着腮，正在醒瞌睡。

"睡饱了吗？"

"陈老师。"

陈知许点开手机相册，递过去："实习老师中午去开会了，我开小差给你解了题，你看看哪里不懂。"他当时走得急，什么也没带去会议室，只从口袋里摸出了一支笔，将详细的解题步骤和草图画在了一张餐巾纸上，写完又用手机拍了下来。

惜光有些受宠若惊："谢谢老师。"点亮手机屏幕时，手指不小心滑了一下，意外露出了后面的照片。

目光掠过，惜光怔住。


那天的鹿惜光十分反常，几次三番去找陈知许。

"老师，您是 A 城人吗？"

"我妈是 A 城人，小时候在那里生活过。我有个弟弟小我一岁，成绩比我好，现在在 A 城最好的大学念书。"

"E 大。"惜光笃定地说。

"对。"

"我也想去那里。"

陈知许诧异于内敛的惜光会突然表明志向，更多的是替她高兴，想要激励她上进，朝自己的目标努力。他送弟弟去上学时手机里拍了不少 E 大校园的照片，找出来给惜光看。

"对不起老师，"惜光觉得可能很冒昧，但还是硬着头皮说下去，"我想再看一下您弟弟的那张照片，可以吗？"


03

惜光去办公室去得勤了。

"你看图上，如果一艘海轮从伦敦运送货物到孟买，过直布罗陀海峡时……"

"是逆北大西洋暖流。"惜光在第一时间答上来，"如果在冬季顺着西风，经过曼德海峡时逆着密度流，在印度洋自西向东航行。"

陈知许点头肯定："冬季逆风逆水，夏季顺风顺水。"

师生俩交流颇为愉快。惜光不再畏难，肯花更多的时间在地理这一科上，遇到疑点，就去找陈知许。

唐素在饭桌上看见惜光放在手边的小字条，上面画着世界洋流的分布。惜光嚼着米饭，眼睛时不时瞄一眼。

"开窍了？"唐素问。

"我下次地理要考第一。"

唐素自己教了一辈子书，却不太看重成绩，只说："那你加油。"

她搁下碗筷，从井里将冰镇好的西瓜提上来，切开，鲜红水润的瓜瓤，咬一口清凉甘甜。

"最近在学校怎么样？"唐素吃着西瓜问。

惜光跟唐素亲近，在家说话比在学校说得多，啃着西瓜，跟唐素聊起来。聊到新来的实习老师陈知许，她脸上的笑藏也藏不住。

唐素揩掉她下巴上挂着的西瓜汁，八卦地问："陈知许长得好看吗？"

"好看，像明星。"


惜光对陈知许的好感过于明显，明显到平时与她交流不多的同桌午睡时突然埋头悄声问她："你是不是喜欢陈老师？"又补充，"那种喜欢。"

惜光一愣，连忙摇头否认。

"我看你经常找他。"同桌不甚在意，"你害什么羞嘛，陈知

许可受欢迎了。"

惜光对陈知许并没有超出师生这条界线的喜欢，但她与陈知许之间确实有一个约定，只有他们两个人知道，是她和他的秘密。

——如果惜光在这次月考中地理成绩考到班级前三，下周末陈知许去 E 大看球赛，会带上她。

陈知许手机有一张弟弟陈亦在篮球场自拍的照片。

陈亦光着膀子大汗淋漓，对着镜头比了个剪刀手，灿烂笑着。他身后的篮球场在夕阳下笼了一层橘色的薄纱，场上的人还没有走光，纷纷入了镜。穿 9 号黑色球服的男生离他最近，走过他身边时，留下一个侧脸。

惜光央求陈知许把照片转发给她，日后又看过无数遍，有些残影的 9 号球服。

她的求之不得，寤寐思服。


鹿惜光有个度不过去的夜晚。

2003 年的夜，她将一个少年藏在废墟下，掰开了他抓住她的手，告诉他说，我一定会回来。

结果她没能回去，那夜的天便一直没有亮。


04

月考前，惜光拼命得有些发狠了，所幸结果是好的，她的地理成绩进步飞速，排在了全班第一。在升旗广场遇到罗老师，也破天荒地受了一句表扬。罗老师表扬完后又说："看来是我不会教，许老师教你，你就能考好。"

惜光忙说不是，满脸尴尬。

陈知许如约完成了他许下的承诺，下一个周末是晴天，惜光跟着他进了 E 大的校门，在看台上看了一场球。

E 大各个院系间开展的篮球赛，人多到爆棚。

惜光没有放过篮球上任何一个球员，目光一寸寸搜寻过去，陈知许跟她说话，她全程心不在焉。

但她最终还是失望了，没有看到想要见的人。

陈亦赢了球，比赛完来陈知许面前炫耀，陈知许将惜光介绍给他认识。后来三人一同吃午饭，惜光有好几次想向陈亦打听认不认识照片中的人，但最终还是没有开口。

饭后惜光独自逛 E 大，毫无目的地走了半圈，差点迷路。

已经到秋天了，风还是燥，日头还是烈。

她误打误撞到了一栋小楼前。

楼身朱红，看上去年岁久远，窗口布满了爬山虎，楼前绿树成荫，惜光蹲在树影底下歇脚，手里握着雪糕。

路上行人寥寥，要偶遇一个人，概率太小。

她舔着雪糕，犯起午后的困倦，已经没有来时的兴奋，反倒像霜打了的茄子，蔫了。

这次周末是她翘了课过来的，学校虽然不设培优班，但年级前二十名自发组成一个小班，每逢单周周末不放假，老师给开小灶补课。陈知许不知道有这个事儿，惜光瞒着没说，她撒谎跟班主任请了病假，跟陈知许来了 A 城。

尽管如此，她肩上还背着书包，带着要完成的试卷。

雪糕融化得快，剩下的，惜光囫囵吞下。

刚跟陈知许通完电话，她就在这里等他过来，两人待会儿就搭

林深时见鹿❷

车回南遥。陈知许在电话里开玩笑似的问她："如愿了吗？"

"没有呢。"

"要不要我帮你问问陈亦，照片上的人。"

"不用了……"

惜光说："没有见到，我就再等吧。"

她想起昨晚没有做完的课外文言文阅读，节选自《太平广记》。

"天宝初，有范阳卢子，在都应举，频年不第，渐窘迫。尝暮乘驴游行，见一精舍中，有僧开讲，听徒甚众。卢子方诣讲筵，倦寝。梦至精舍门，见一青衣，携一篮樱桃在下坐。卢子访其谁家，因与青衣同餐樱桃。"

夜里她把故事说给骆南舟听，骆南舟问："然后呢？"

"然后书生中举，仕途坦荡，娇妻美妾功名富贵想要的都有了，人生没有不圆满。再然后，就醒了，发现是他做梦呢。"

她问："我来南遥之前陪伴那个人一起长大的日子，是不是也只是梦？"她离开得太久，恍惚间有了这样的错觉。

那个人是她的樱桃青衣，她的沉疴旧疾。

也曾是她的宇宙。

如今离她亿万光年。


"顾延树，辅导员叫你。"学长的声音从背后响起，"窗外面有什么？看得这么认真。"

顾延树的目光尚未收回。

窗外有条长长窄窄的林荫道，金黄的阳光穿过树梢。

有开得正好的木芙蓉，停靠在路边的自行车。

有个背书包扎马尾的女孩儿，走过了自行车，走过了木芙蓉，陀海峡时……"

"是逆北大西洋暖流。"惜光在第一时间答上来，"如果在冬季顺着西风，经过曼德海峡时逆着密度流，在印度洋自西向东航行。"

陈知许点头肯定："冬季逆风逆水，夏季顺风顺水。"

师生俩交流颇为愉快。惜光不再畏难，肯花更多的时间在地理这一科上，遇到疑点，就去找陈知许。

唐素在饭桌上看见惜光放在手边的小字条，上面画着世界洋流的分布。惜光嚼着米饭，眼睛时不时瞄一眼。

"开窍了？"唐素问。

"我下次地理要考第一。"

唐素自己教了一辈子书，却不太看重成绩，只说："那你加油。"

她搁下碗筷，从井里将冰镇好的西瓜提上来，切开，鲜红水润的瓜瓤，咬一口清凉甘甜。

"最近在学校怎么样？"唐素吃着西瓜问。

惜光跟唐素亲近，在家说话比在学校说得多，啃着西瓜，跟唐素聊起来。聊到新来的实习老师陈知许，她脸上的笑藏也藏不住。

唐素揩掉她下巴上挂着的西瓜汁，八卦地问："陈知许长得好看吗？"

"好看，像明星。"

惜光对陈知许的好感过于明显，明显到平时与她交流不多的同桌午睡时突然埋头悄声问她："你是不是喜欢陈老师？"又补充，"那种喜欢。"

惜光一愣，连忙摇头否认。

"我看你经常找他。"同桌不甚在意，"你害什么羞嘛，陈知许可受欢迎了。"

　　惜光对陈知许并没有超出师生这条界线的喜欢，但她与陈知许之间确实有一个约定，只有他们两个人知道，是她和他的秘密。

　　——如果惜光在这次月考中地理成绩考到班级前三，下周末陈知许去 E 大看球赛，会带上她。

　　陈知许手机有一张弟弟陈亦在篮球场自拍的照片。

　　陈亦光着膀子大汗淋漓，对着镜头比了个剪刀手，灿烂笑着。他身后的篮球场在夕阳下笼了一层橘色的薄纱，场上的人还没有走光，纷纷入了镜。穿 9 号黑色球服的男生离他最近，走过他身边时，留下一个侧脸。

　　惜光央求陈知许把照片转发给她，日后又看过无数遍，有些残影的 9 号球服。

　　她的求之不得，寤寐思服。


　　鹿惜光有个度不过去的夜晚。

　　2003 年的夜，她将一个少年藏在废墟下，掰开了他抓住她的手，告诉他说，我一定会回来。

　　结果她没能回去，那夜的天便一直没有亮。


　　04

　　月考前，惜光拼命得有些发狠了，所幸结果是好的，她的地理成绩进步飞速，排在了全班第一。在升旗广场遇到罗老师，也破天荒地受了一句表扬。罗老师表扬完后又说："看来是我不会教，许老师教你，你就能考好。"

　　惜光忙说不是，满脸尴尬。

踩着树隙间的碎影，和旁边高大的男生仰头说了些什么。

两人在林荫道上越走越远。

那是顾延树不认识的陌生背影，不知道为什么他看得一瞬间失了神，又或许因为女孩儿走路的姿势太像一个人。


05

时光匆匆，实习老师们为期两个月的实习转眼就快要结束，到了分别的时刻。班上的同学都舍不得陈知许，纷纷跟他合照留念，给他写信和送小礼物。

陈知许离校那天，来教室跟大家告别，有感性的同学在底下悄悄抹眼泪，说舍不得他。

惜光送陈知许上了大巴车，拘谨地从车窗口递给他一盒亲手做的小饼干。

陈知许接了，笑着对她说："要继续努力哦，地理成绩不准掉。"

惜光认真地点头。

她自从去过一趟E大回来后，读书越发刻苦用功。

罗老师重回课堂，惜光继续当她的地理课代表。唐素担心故态复萌，又让惜光回到那段不开心的日子，结果惜光反过来宽慰她："我要考E大。"

"对。"唐素说，"你有鸿鹄志，不要在这里绊倒。"

进入高三后，黑板上方挂上了倒计时牌，时间的流逝变得有迹可循。一轮复习、二轮复习、三轮复习，数不清的试卷一张张发下来，被红色的、黑色的笔迹填满。背到滚瓜烂熟的哲学观，睡觉前脑海中不自觉闪过的历史大事记，反复朗读默写的英语单词和古诗词，变换组合的椭圆双曲线抛物线，成了生活的重点。

只为那一战。

只为等来年六月的到来。


在紧锣密鼓的复习中，迎来了孩子们十八岁的成人礼。

唐素用家里的缝纫机给惜光缝了一条茶绿色的碎花裙子。惜光穿上很合身，衬得人白净，亭亭玉立。

祖孙俩抽空去街边的照相馆照了一张相留念。

店员替惜光化妆，描眉，涂上淡色的口红，给她编了辫子，发间缀上鹅黄鲜嫩的小花。

惜光在镜头前僵硬地站着。

她尚未从题海中脱身，被唐素套上裙子拉过来时人还恍惚着。她抿着鲜红的唇，尝到了一点带着兰花香的膏体，有些微的甜味和涩，似乎预兆着她的长大。

她长大了。

摄影师说茄子，让惜光笑。

她看着镜头，缓缓扬起嘴角，露出洁白的牙齿。


多年以后，顾延树偶然翻到老相册，问惜光那一刻在想什么。

——那一刻在想什么？

我有鸿鹄志，奔月亮而来。

# 《林深时见鹿 3》

## 试读片段 ____

在宋渝生的记忆里，未有和人如此亲密的时刻。

臂弯里躺着的好像是一个婴孩，稍有不慎，她就会被惊醒。

从一开始的僵硬和不自然，到后来慢慢放松，她身上的味道让他觉得熟悉。

如同曾拥抱过千万次，被种植了记忆。

宋渝生抱着这短发姑娘，方才翻涌的情绪也逐渐平息，焦急过后，现在竟觉得有一点欢喜。

同一个房间算什么，现在可是同床共枕。

这一夜过后，彻底没有了清白。

她还要如何赖？

天底下的爱情，不过是一个盖，一个锅，咕嘟咕嘟熬粥喝，两人熬了两人喝，滋味如何自己知道。

配不配，旁人管不着。

他想告诉她，无论世人如何欺你、辱你、轻贱你、诽谤你，你在我眼中永远璀璨如星。

你也在被爱护，被珍惜着。

图书在版编目（ＣＩＰ）数据

林深时见鹿. 2 / 晏生著. —— 贵阳：贵州人民出版
社, 2016.8（2021.3重印）
　ISBN 978-7-221-13412-7

　Ⅰ. ①林… Ⅱ. ①晏… Ⅲ. ①长篇小说－中国－当代
Ⅳ. ①I247.5

中国版本图书馆CIP数据核字(2016)第174995号

**林深时见鹿 2**

晏生 / 著

出 版 人：苏　桦
出版统筹：陈继光
责任编辑：康征宇
特约编辑：曾雪玲
装帧设计：刘　艳
内页设计：西　楼
出版发行：贵州人民出版社（贵阳市观山湖区会展东路SOHO办公区A座
　　　　　邮编：550081）
印　　刷：长沙鸿发印务实业有限公司
开　　本：880×1230毫米 1/32
字　　数：196千字
印　　张：9.125
版　　次：2016年9月第1版
印　　次：2016年9月第1次印刷
　　　　　2021年3月第2次印刷
书　　号：ISBN 978-7-221-13412-7
定　　价：36.80元

贵州人民出版社微信